BASTEI
LÜBBE
TASCHENBUCH

Oliver Beerhenke

# PFUNDS KERL

## Ein Kilo kommt selten allein

BASTEI LÜBBE
TASCHENBUCH

BASTEI LÜBBE TASCHENBUCH
Band 60834

Dieser Titel ist auch als E-Book erschienen.

MIX
Papier aus verantwortungsvollen Quellen
FSC® C006701
www.fsc.org

Originalausgabe


Textredaktion: Stefan Lutterbüse
Illustrationen: Oliver Beerhenke
Titelibild: © Manfred Esser, Bergisch Gladbach
Umschlaggestaltung: Guter Punkt, München
Satz: hanseatenSatz-bremen, Bremen
Gesetzt aus der Adobe Garamond Pro
Druck und Verarbeitung: CPI books GmbH, Leck – Germany
Printed in Germany
ISBN 978-3-404-60834-8

2 4 5 3 1

Sie finden uns im Internet unter
www.luebbe.de
Bitte beachten Sie auch: www.lesejury.de

# Inhaltsverzeichnis

# Kapitel 1

## *Heute*

Heute beginnt mein neues Leben.

Tag eins einer neuen Ära.

*The Beginning of a Great New Life.*

Ab heute wird einfach ALLES anders.

Heute ist der erste Tag, an dem ich es meinem inneren Schweinehund so richtig zeigen werde.

Ich werde ihn nicht nur einfach besiegen, ich werde ihn quasi zerschmettern, ihn so niederringen, dass er sich nie wieder traut aufzumucken. Ich werde ihn schlichtweg wegputzen mit diesem fulminanten Sieg über mich selbst.

Ich werde dem Kampf mit mir selbst nicht länger ausweichen, werde mir hier und jetzt beweisen, WER der Chef im Ring ist, WER das Ruder in der Hand hält und WER wirklich sagt, wo es langgeht.

Heute ist »Judgement Day«, der Tag der Abrechnung, »Tag X« …

Heute ist der erste Tag meiner erfolgreichen Diät.

TAG

# Kapitel 2

## *Morgen*

Oder … vielleicht doch erst morgen? Weil, heute hatte ich ja leider schon Nutella zum Frühstück … Der Tag ist somit also blöderweise schon irgendwie verloren. Denn wenn ich etwas mache, dann will ich es schließlich auch richtig machen. Keine halben Sachen, versprochen.

Also: morgen.

Ab morgen werde ich dem süßen Leben endgültig entsagen, werde mich nicht mehr widerstandslos der Schokolade hingeben, werde mich fortan gesund ernähren, anstatt im Fastfood-Tempel dem vollkommenen Burger zu huldigen.

Morgen … oder noch besser: ab Montag!

Na ja, weil: Heute ist Donnerstag, und damit praktisch mitten in der Woche – das ist ja nun wirklich verdammt unpraktisch, so ganz neu anzufangen, erst recht vorm Wochenende. Ein so großes Projekt wie das, also die grundlegende Veränderung eines ganzen Lebens, das kann man ja unmöglich einfach so mitten in der Woche beginnen. Das würde der Sache doch wirklich nicht gerecht werden.

Ich finde, man sollte da schon konsequent sein und derlei grundlegende, entscheidende Dinge nicht einfach so – irgendwo mittendrin, zwischen Tür und Angel – anfangen. Immerhin geht es hier um den Start in ein völlig neues Leben. Es geht um ein Shoppingerlebnis OHNE die Suche nach dem dritten X vor dem L, es geht um Hosen, die Halt finden in der Region über der Hüfte, von der manch einer behauptet, dort irgendwo versteckt sich eine Körpergegend namens »Taille«. Hosen, die tatsächlich noch über dem Hintern hängen bleiben, weil die Hüfte wirklich schmaler ist als die Beckenknochen. Hosen also, bei denen man sich nicht mehr fragen muss, ob man sie lieber überplauzig mit Gürtel festzurrt (was besser aussieht, aber recht unbequem ist) oder – aus Gründen des Tragekomforts – doch eher unterplauzig. Was dann allerdings bedeutet, dass sich die Wampe äußerst unschön über den Hosenbund wölbt. Und es geht natürlich auch um die totale Fitness. Um das Erlebnis, eine fünfhundert Meter lange Joggingstrecke zu bewältigen, ohne anschließend ernsthaft über die Anschaffung eines Sauerstoffzeltes nachzudenken. Um die Achtung und die Gesundheit meines eigenen Körpers.

Darum geht es schließlich, und diesem Ziel sollte man schon den gebührenden Respekt erweisen und eine derartig einschneidende, ja geradezu lebensverändernde und ALLES beeinflussende Umstellung nicht mal eben so mitten in der Woche starten. So etwas muss gut überlegt und strategisch perfekt geplant sein. Deshalb also:

Montag nächster Woche!

Es wird der perfekte Start in die neue Woche. Ins neue Leben. In eine neue Ära. Der nächste Montag wird echt der Hammer!

# Kapitel 3

## *Eine neue Ära*

Ich denke, es ist vollkommen legitim, wenn man sich einen kleinen Moment mal die Zeit nimmt, über so eine einschneidende Veränderung der gesamten Lebensweise nachzudenken, um den wirklich perfekten Termin dafür zu finden. Noch besser wäre also – rein theoretisch natürlich – man könnte damit am 1. Januar eines Jahres anfangen. Wie gesagt: nur rein theoretisch, denn bis dahin ist es ja noch eine ganze Zeit. Aber: Das wäre dann wirklich der perfekte Neuanfang. Einfach weil es psychologisch enorm hilfreich ist, eine solch gravierende Änderung mit einem leicht zu merkenden historischen Datum zu begehen – aber das ist natürlich totaler Nonsens. Denn immerhin sind es noch viele Monate bis Neujahr und somit eindeutig zu lange, um seine Gesundheit weiter aufs Spiel zu setzen.

Das ist also keine wirkliche Option … oder eventuell doch?

Denn andererseits darf man den psychologischen Wert eines solchen »Neujahrstages« in Verbindung mit einem »Neulebensabschnittstag« nicht unterschätzen! Ich will schließlich auf gar keinen Fall den Erfolg meiner Gewichtsabnahme leichtfertig aufs Spiel setzen, indem ich »mal eben so«, aus einer Laune heraus, an irgendeinem nichtssagenden Montag in irgendeinem zufälligen Monat mit dem Abnehmen anfange. Ich will mich schließlich in einigen Jahren in meinem athletischen, perfekten und überaus fitten Körper nach einem für mich höchst erfrischenden Vierstunden-Sportevent entspannt zurücklehnen und sagen können: »Natürlich weiß ich noch genau, wann mein neues Leben begann, wie könnte ich das je vergessen: Es war schließlich der 01.01.XXXX – da habe ich damals beschlossen, mein Leben grundlegend zu ändern. Dieser historische erste Januartag war der Beginn meines neuen Lebens. Ich bin fit und gesund dank dieses legendären Neujahrstages.«

Mal ganz ehrlich: Das klingt doch nun wirklich viel besser als: »Ich weiß nicht mehr genau, wann ich angefangen hatte … aber ich glaube, es war Montag, der 16. September anno … ach irgendwann … warte mal, war das nicht 'n Mittwoch oder so?« Vermutlich ist es dem Erfolg der ganzen Diät absolut abträglich, wenn man keinen wirklichen Wendepunkt mehr identifizieren kann: »Wann genau ich angefangen habe, keine Schokolade mehr zu essen? Keine Ahnung, war das nicht irgendwann Anfang oder Mitte September? Keinen blassen Schimmer, wann genau, ach, was soll's, ess ich eben noch ein Täfelchen, ich kann ja morgen damit weitermachen … oder doch erst nächsten Montag!«

Entscheidend ist, dass man sich Ziele setzt, die auch psychologisch Sinn machen. Zeitmarken, auf die man sich jederzeit gut und gerne besinnt. Der »01.01.« eines Jahres ist dafür schlicht und ergreifend perfekt geeignet. Wie alle »Ersten« gibt es eben pro Jahr auch wirklich immer nur EINEN Neujahrstag. *The one and only*. Es ist wie bei der Landung auf dem Mond, wie bei der WM oder einem Autorennen: Wer erinnert sich schon noch, wer der Zweite, Fünfte oder Siebzehnte war –

niemand, aber den Ersten, den vergisst man so schnell nicht. Also, ich finde, das sollte ich mir schon wert sein, so einen Ersten, erst recht bei so einem wichtigen Thema.

Das wäre damit dann wohl geklärt. Nach Sylvester purzeln dann die Kilos. YES!!!!!

Na ja, das ist ja auch schon recht bald. Keine drei Monate mehr bis Tag Zero. Knapp zwölf Wochen noch, dann geht's los! Dann wird abgenommen, dass sich die Balken biegen. Da fallen die Pfunde, dass einem Hören und Sehen vergeht.

Was für ein wichtiger Schritt. Der Countdown läuft. Jetzt gibt's kein Zurück mehr. Die Uhr tickt! TSCHAKKA!!!! Nicht mehr lang, und es rockt!!!!!!!!!

Nutze ich also die letzten mir noch verbleibenden Tage, um das Leben wenigstens noch ein klein wenig zu genießen. Das wird ja schließlich hart genug im nächsten Jahr, da muss man sich ja erst mal noch was gönnen dürfen.

Ein bisschen Schlemmerei wird da ja wohl erlaubt sein, bevor ich dann am 01.01. des kommenden Jahres den Verlockungen des Lebens konsequent und endgültig entsage.

Sozusagen noch einmal richtig Schwung holen vor der anstrengenden Berganfahrt der harten Entsagungen, noch einmal kulinarisch richtig zuschlagen, aber mit ganz und gar gutem Gewissen, denn: Das hole ich ja alles ab dem Ersten wieder raus. Pizzaparadies, ich komme …

*Praxistipp Nr. 1:*
*Ich habe bezüglich dieser Datumstricksereien und Neujahrsvorsätze quasi den Heiligen Gral entdeckt. Die ultimative Methode, nicht doch wieder wenige Tage nach Ablauf der eigentlichen Deadline*

*als rückgratloses, undisziplinertes Arschloch dazustehen: Seit dem Millenniumwechsel im Jahr 2000 habe ich beschlossen, nur noch volle Tausender als epochale Lebenswandelstartpunkte gelten zu lassen. Mein nächstes Endziel für den Beginn der ultimativ erfolgreichen Diät lautet konsequenterweise also: 01.01.3000. Bis dahin werde ich jegliche psychologische Effekthascherei mittels »besonderer« Datumskonstellationen einfach komplett ignorieren.*

# Kapitel 4

## *Mein innerer Schweinehund*

In meinem Leben gab es bislang unendlich viele solcher »Wendepunkte«, unzählig viele »Jetzt« und »Heute« und sicherlich einige hundert dieser speziellen »Montage« – darunter auch wirklich vielversprechende Monatsanfänge. Ja, es gab sogar schon diverse hoffnungsvolle Jahresanfänge mit dieser ach so bedeutenden Lebensveränderung – nur eins haben sie alle gemeinsam: Genutzt haben sie nix. Ich wiege immer noch viel zu viel, genauer gesagt, sogar mehr als jemals zuvor. Dabei ist es nicht so, dass es nicht wirklich Tage gab (und gibt), an denen ich ernsthaft und konsequent weniger esse oder auf Süßes verzichte – nur ganz offenbar nie so ernsthaft und konsequent, dass es sich dauerhaft auf mein reales Bruttogewicht niederschlagen würde.

Ich habe ihn also bis heute nicht im Griff, meinen inneren Schweinehund. Im Gegenteil: Er treibt mich durch die Gassen, und macht mir das Leben – oder besser: jedes Schnitzel – zur Hölle. Dieses Scheißvieh hockt irgendwo in mir (vermutlich hat es sich in meiner Plauze so richtig gemütlich gemacht – Platz ist ja genügend da!) und torpediert bisher beneidenswert erfolgreich jeden Versuch der Gewichtsreduktion.

Ich bin der – zurückhaltend formuliert – »eher rundliche Typ«, seit ich denken kann. Meine Mutter erzählt immer wie-

der gerne die Geschichte, wie ich mit zwei Jahren aufgrund eines Autounfalls im Krankenhaus gelandet bin. Und weil ich so unfassbar süß gewesen sein soll, haben mich ALLE Schwestern der Station wahnsinnig gerne gemocht, was – so die Legende – dazu geführt hat, dass ich nicht ein- bis zweimal, sondern ungefähr achtzehn bis siebenundzwanzig Mal am Tag gefüttert worden bin. Kein Wunder also, dass ich mit reichlich Kinderspeck nach Hause bin!

Auch wenn diese Geschichte wirklich herzallerliebst ist und ich nur zu gerne der Vorstellung huldigen würde, dass ich als Kind so dermaßen überdurchschnittlich knuffig gewesen bin, dass die Schwestern des Krankenhauses genau deswegen so unendlich viel Brei in mich reingelöffelt haben und damit für mein Übergewicht verantwortlich sind – ich kann das aus zwei Gründen nicht glauben. Zum Ersten, weil mir sowohl mein prä- als auch das spätere postpubertäre Leben recht schnell und äußerst erfolgreich die Illusion raubte, ich sei ein außergewöhnlich attraktives Männchen der Gattung Mensch. Eher würde ich sogar sagen, dass meine Anziehungskraft auf das weibliche Geschlecht eher durchschnittlich war, wobei ich da explizit auch Krankenschwestern mit einbeziehen kann. Aus Erfahrung kann ich jedenfalls zweifelsfrei versichern: »Don Juan« geht anders, und deshalb habe ich es mir schon lange eingestanden: Die Geschichte meiner Mutter ist eine schöne, mich vollständig entlastende Mär, aber mit Sicherheit nicht der Grund meines Übergewichtes.

# Kapitel 5

## *Meine Waage und ich*

Es ist ja nicht so, dass ich nicht abnehme – aber blöderweise ist meine Waage grundsätzlich anderer Meinung. Lange Zeit war ich davon überzeugt, dass meine Waage als emotionsloses technisches Gerät mein Gewicht vorurteilsfrei und physikalisch korrekt misst, aber die mir angezeigten Zahlen lassen mich jeden Tag aufs Neue daran zweifeln. Wenn dieses Mistding von Messgerät tatsächlich völlig ohne Hintergedanken mein Gewicht anzeigen würde, dann müsste es – zum Teufel noch mal – doch zumindest gelegentlich etwas näher an meinem gefühlten Gewicht dran sein. Aber dem ist nicht so.

Egal, wie leicht ich mich auch fühle, wie hungrig oder ausgemergelt ich auf die Waage steige, dieses verlogene Folterinstrument erfindet Tag für Tag aufs Neue spektakuläre Höchstmarken, die mich – wenn sie denn wirklich stimmen würden – in eine ernste Krise stürzen würden. Aber wie gesagt: Das Ding ist mit Sicherheit alles andere als neutral.

Und wissen Sie was? Ich kann die Waage auch verstehen. Ich wäre auch verdammt schlecht gelaunt, wenn sich irgendein Möchtegernleichtgewicht noch vor dem Duschen auf mich quälen würde. (Nach dem Duschen ist schlecht, weil das Wasser in den Haaren und am Körper das tatsächliche Gewicht ge-

radezu ins Unermessliche nach oben treibt!) Wie kann ich der Waage also ernsthaft böse sein, wenn sie in der Regel zwischen zwei und vier Kilo hinzulügt, einfach nur, um mir eins auszuwischen? Richtig: Ich bin es nicht. Ich bin tolerant, ich bin fair, und: Ich bin ihr nicht böse. Ich weiß eben einfach, dass das so ist, und ziehe den entsprechenden Betrag selbstredend vom angezeigten Gewicht ab, und habe so – tataaaaa: mein tatsächliches Gewicht.

In den letzten Jahren ist mir allerdings aufgefallen, dass meine Waage vermutlich meinen kleinen Trick durchschaut hat und offenbar das eine oder andere Pfund zusätzlich anzeigt, nur weil sie weiß, dass ich weiß, dass sie mich nur ärgern will. Da ich aber weiß, dass sie weiß, dass ich weiß, dass sie das tut, muss ich einfach statt wie bisher zwischen zwei und vier nun um die acht bis zehn Kilo abziehen, und habe: Ta-ta-tataaaaaaa: erneut und ausgesprochen präzise errechnet mein tatsächliches Gewicht. Somit kann ich erhobenen Hauptes verkünden, dass ich mein Gewicht in den letzten Jahren perfekt gehalten habe, eine Leistung, auf die ich selbstverständlich sehr stolz bin.

Trotz dieses hart erkämpften Erfolges ist natürlich sonnenklar: Gewichtsverlust wäre nach wie vor das Maß aller Dinge und würde das Verhältnis zwischen mir und meiner Waage sicherlich in eine neue Dimension unserer Waage-Mensch-Beziehung katapultieren. Allerdings muss ich gestehen, dass das tatsächliche physikalische Eigengewicht immer nur ein Teil der Wahrheit ist – viel wichtiger ist doch gelegentlich, was die verdammte Waage einem anzeigt, und das – so habe ich herausgefunden – kann man sehr wohl beeinflussen. Denn Wiegen ist nicht gleich Wiegen.

*Mein Praxistipp Nr.2:*
*Verzichten Sie auf die Waage zu steigen, wenn Ihnen das Ergebnis den ganzen Tag versauen könnte – es ist es einfach nicht wert. Betreten Sie die Plattform der Wahrheit nur, wenn Sie a) absolut sicher sind, dass das Ergebnis mit Ihren Erwartungen übereinstimmt, oder: b) das Gefühl haben, dass Ihnen nichts, aber wirklich gar nichts die Laune verderben kann.*

# Kapitel 6

## *Die Kunst des Wiegens*

Im Laufe der Zeit habe ich mit diversen Stellungen auf der Waage experimentiert und festgestellt, dass einige Positionen, die entfernt an das Kamasutra erinnern, mich mit durchaus signifikant geringeren Anzeigewerten belohnen. Natürlich hat jeder Übergewichtige schon einmal versucht, sein Gewicht auf der Waage eher auf die Zehenspitzen oder auf die Fußballen zu verlagern und dabei freudig zur Kenntnis genommen, dass man sich mit derart einfach durchzuführender Akrobatik durchaus den Tag mit einem um einige Pfunde geringeren Anzeigewert versüßen kann. Das einfache, nach vorne oder nach hinten verlagerte Wippen habe ich allerdings im Laufe der Zeit so weit perfektioniert, dass ich mein angezeigtes Gewicht inzwischen weitestgehend frei bestimmen und mir somit allzu frustrierende Morgenerlebnisse ersparen kann.

Natürlich ist es dafür nötig, sich auf der Waage in Stellungen zu positionieren, die jeden Tai-Chi-Profi vor Neid erblassen lassen würden. Die Position »Kleiner Bär im Sonnentau« zum Beispiel ermöglicht eine Anzeigenreduzierung um satte sechs Kilo, wobei sie noch vergleichsweise einfach einzunehmen ist. Anders verhält es sich bei der Figur »Singende Heuschrecke im Kelch der weißen Bambusblüte«: Hier ist schon eine ausge-

prägte Konzentrationsphase und eine nahezu perfekte Körperbeherrschung nötig.

Der Lohn der Akrobatik sind bis zu satte zwanzig Kilo geringere Anzeigewerte, wenngleich in der – nicht gerade komplikationsfreien – Heuschreckenstellung der eigene Hintern die freie Sicht auf das Anzeigefeld deutlich einschränkt oder sogar gänzlich verwehrt. Darüber hinaus ist diese Stellung auch wenig bandscheibenfreundlich, und man muss abwägen, ob die stechenden Rückenschmerzen über den gesamten Tag den kurzen freudigen Moment einer solchen Gewichtsreduzierung wert sind. Selbstverständlich weiß ich, dass ich mit dem Verlagern des Gewichts lediglich die Anzeige foppen kann und nicht wirklich weniger wiege – aber wer den Tag statt mit der horrenden Zahl seines tatsächlichen Gewichtes vor Augen mit einer deutlich wohlwollenderen beginnen kann, der geht eben einfach weniger deprimiert an den Start – und das wollen wir doch alle, ganz gleich in welcher Gewichtsklasse man gerade turnt.

Aber natürlich gibt es noch weitere Möglichkeiten, um die Anzeige der Waage gnädig zu stimmen, und es ist geradezu unglaublich, mit welch simplen Mitteln der Gang zur Waage weniger beängstigend sein kann. Ich habe z.B. eine Zeit lang überlegt, ob ich nicht lieber den Bart abrasieren soll, denn Barthaare sind meines Erachtens überdurchschnittlich schwer. Das hört sich jetzt ein wenig übertrieben an, aber die Waage ist ja bei jedem verdammten jemals gegessenen Weihnachtskeks auch ausgesprochen pingelig – warum zum Teufel sollte das also nicht auch andersherum gelten?

Auch eine Ganzkörperenthaarung kam mir schon in den Sinn, nach einer kurzen Testreihe im dichten Dickicht meines Brustbereichs kam ich allerdings schnell zu der Erkenntnis, dass der Schmerz einer wachsbasierten Körperenthaarung in keinem Verhältnis zu der zu erwartenden Gewichtsreduzierung steht. Wie oben schon erwähnt, ist der ideale Wiegezeitpunkt der Moment *nach* dem Klogang, aber unbedingt *vor* dem Duschen. Nach dem Klo dürfte selbsterklärend sein, das »vor dem Duschen« resultiert aus der unglaublichen Menge Wasser, die sich auch nach dem Abtrocknen noch am Körper befindet. Dieser leichte Feuchtigkeitsfilm, in Verbindung mit den noch nassen Haaren, kann sich schnell zu einem zweistelligen Kilobetrag summieren, vor allem, wenn man weiß, dass die Waage aufgrund der duschnassen Füße noch einmal besonders garstig einige Kilos draufpackt. Aber wie man sich auch dreht und wendet: Irgendwann ist man bereit für den Anfang vielfältigen

Leids: Man zwingt sich zum entscheidenden Schritt und beginnt die erste eigene Diät.

*Mein Praxistipp Nr.3:*
*Eigentlich stand an dieser Stelle ein warnender Praxistipp: Dass auch die akrobatischste Verrenkung auf der Waage natürlich keinen tatsächlichen Gewichtsverlust bedeutet. Mit anderen Worten: Sie wiegen mit der »Kleiner Bär im Morgentau«-Stellung genauso viel wie ohne, aber wissen Sie was? Machen Sie es trotzdem. Turnen Sie auf dem digitalen Brettchen der Frustration notfalls einen kompletten Leichtathletikwettbewerb – denn, verdammt noch mal, es sieht lustig aus und macht auch Spaß. Und auch wenn dadurch nicht die Kilos purzeln, dann wird man so wenigstens die triste Wiegestimmung los, und wenn Sie es dann noch schaffen, ein Selfie von sich zu verbreiten, sind Sie der Held aller waagemutigen Schwergewichte.*

# Kapitel 7

## *Die Diätklassiker*

Ich habe sie wirklich alle gehabt, die Diäten! Und wer weiß, wie viele dieser total genialen 100-Prozent-Garantie-weiß-der-Sittich-was-Versprechen jede Woche aufs Neue durch Dickifettiland schwappen, der wird nun ehrfurchtsvoll auf die Knie sinken und gemeinsam mit mir bis zum Ende seiner Tage der heiligen Kalorie huldigen. An einige Diäten erinnere ich mich durchaus mit einer gewissen Wehmut, andere hingegen haben tiefe seelische Spuren hinterlassen – oder auch mal einen wunden Hintern, wie die …

## Wundersuppendiät

Die so genannte »Wundersuppe« war zum Beispiel so ein Kandidat, der sich tief in meine Seele und noch ein bisschen tiefer in meine Pobacken eingegraben hat. Anfang der Achtziger geisterte diese Diätwunderwaffe zum ersten Mal durch die Society-Blättchen und landete damit unweigerlich auch auf dem Nachttischchen meiner Mutter – mit der Folge, dass auch ich in den fragwürdigen Genuss dieser Zauberbrühe kommen sollte. Der

Deal schien eigentlich ganz einfach: Man sollte nur wie ein Bekloppter Kohlsuppe in sich reinlöffeln und würde dann mit – Ihr ahnt es schon – gewaltigen Gewichstverlusten belohnt werden. Der Trick dahinter sei, dass der Körper mehr Energie beim Verwerten der Suppe benötige, als man ihm beim Auslöffeln zuführt.

Das hörte sich grundsätzlich ganz brauchbar an. Gerade für einen der Logik zugeneigten Realisten wie mich waren derlei mit mathematischer Schärfe formulierte Argumente immer ein guter Weg, um mir eine neue Diät schmackhaft zu machen. Wobei »schmackhaft« hier nur sehr begrenzt zutrifft: Die

Vorstellung, sich wochenlang nur eine Suppe reinzulöffeln, die vorwiegend aus Kohl, Wurzeln und Brokkoli besteht, jagt einem ausgewiesenen Genussmenschen wie mir noch heute kalte Schauer über den Rücken, doch wenn sich die Schauer tatsächlich nur auf den Rücken beschränkt hätten, wäre das sogar noch okay gewesen. Aber die Wahrheit ist: Dem ahnungslosen und heillos überforderten Darmtrakt eines durchschnittlichen humanoiden Grillfleischliebhabers jagt eine derartige mehrtägige Kohlsuppenkur nicht nur kalte Schauer über den Rücken, sondern leider auch die Suppe gleich wieder aus dem Hintern hinaus …

Ich will an dieser Stelle gar nicht näher unschön ins Detail gehen, aber Fakt ist, dass die tagelange Beschränkung auf blähfreudiges Suppengrün eine – sagen wir mal – recht irritierende und überaus fatale Wirkung auf meinen Verdauungstrakt hatte. Ich habe gelitten wie ein Hund, obwohl es aus kalorischer Sicht durchaus Sinn machte, denn die hektischen Sprints zur nächstgelegenen Toilette hatten unter Garantie einen enormen Brennwert. Fairerweise muss ich einräumen, dass die Dünnpfiff-Phase nicht allein auf die Suppe zurückzuführen war, möglicherweise hatte ein gut abgehangenes Fischbrötchen am letzten Tag vor der Suppenkur auch einen gewissen Einfluss auf den Ausfluss. Im Zweifel also für den Angeklagten, respektive die Suppe, aber hängen geblieben bei meinen aufreibenden Klositzungen ist – wenn ich das in der Situation mal so formulieren darf –, dass es sich bei dem Rezept um eine wirklich beschissene Suppe handelte – und das meine ich in diesem Falle sogar wörtlich.

## Weight Watchers

Zunächst einmal meinen tief empfundenen Respekt für die Namensgebung dieser Diät. Der geistige Vater dieser »ausgefallenen Alliteration« arbeitet heute vermutlich für »Bauer sucht Frau«, wo er lebenslustige Landwirte, fröhlich freche Feldherren mit buschikos barbusigen Blondinen oder renitenten rothaarigen Rentnerinnen verkuppelt. Zur Auswahl standen bei der Namenswahl neben »den Gewichtsbeobachtern« vermutlich noch »Crumpy Calorie Counter«, »Fat Freedom Fighter« oder »Big Busty Bullshit Boomer«. Bei »Fat Freedom Fighter« wäre ich eventuell mal schwach geworden, aber bei Weight Watchers bin ich definitiv raus. Das liegt im Wesentlichen aber auch an meiner grundsätzlichen Aversion gegenüber Punktesystemen aller Art. In Flensburg habe ich bereits einen staatlich verordneten Sammelordner bunter Punkte, und ich kann Ihnen versprechen: Damit ist mein Bedarf an Punkten definitiv vollständig gedeckt.

An jeder Supermarktkasse will man mir aber irgendwelche Treuepunkte aufschwatzen, um mir dann nach etlichen Monaten erfolgter Sammelei ein vollkommen sinnloses und beknacktes Pfannenset mit einem fünfzehnprozentigen Preisnachlass anzudrehen – wenn das der Dank für Einkaufstreue ist, dann frage ich mich, in welcher Form gänzlich untreue Kunden malträtiert werden.

Wenn ich tanke, soll ich natürlich auch Punkte sammeln, um nach der Abnahme von gefühlten zwei Millionen Litern Sprit meinen Wagen einmal kostenlos waschen lassen zu dürfen – natürlich nur im Basiswaschprogramm ohne Schaum und Felgenpflege. Da kann ich dann allerdings auch genauso gut durch den nächsten Regenschauer fahren und ein paar Pfützen ansteuern – Petrus will dafür auch noch nicht einmal meine »Regenschauer Treuekarte« sehen.

Ich vermute, dass die Grundlage für meine Abneigung gegen Punkte bereits in der frühen Kindheit gelegt wurde, als es in der Schule Mode wurde, für irgendwelche vollkommen stupiden und hirnrissigen Arbeiten »Fleißpünktchen« zu bekommen. Diese Fleißpünktchen waren übrigens schon damals ähnlich sinnvoll wie die Treuepunkte im Supermarkt, denn anstatt einer besseren Note gab es nur vollkommen sinnfreie Fleißkärtchen, auf denen die Fleißpünktchen nicht minder fleißig erfasst wurden.

Für Weight Watchers soll ich nun also ein imaginäres Punktesystem erlernen, um Lebensmitteln einen passenden Punktewert zuordnen zu können – vermutlich gibt es für das Erlernen des Punktesystems wiederum fröhlich frische Fleißpunkte oder ein pfundig properes Pfannenset, und so herrlich heiter diese absurd albernen Alliterationen auch klingen mögen, mir graut es vor der Vorstellung, meine Lebensmittel nur noch »punktuell« wahrzunehmen.

»Du, wir waren gestern im Restaurant.«

»Echt? Was gab's denn?«

»Als Vorspeise 1,5 Punkte, die Hauptspeise waren total leckere 2,5 Punkte, aber natürlich ohne die 2 Punkte Beilage. Nachtisch ging natürlich gar nicht … die 5 Punkte extra konnte ich mir ja echt nicht mehr geben, schließlich wollte ich ja abends noch 2 Punkte auf dem Sofa naschen.«

Großartig.

Soll ich allen Ernstes nachts am Süßwarentresen der Tankstelle erst ausrechnen müssen, dass mir die Tüte Gummibärchen punktetechnisch definitiv Probleme bereiten würde? Brauche ich wirklich Punkte für die Erkenntnis, dass hundert Gramm Vollmilchschokolade vermutlich kein besonders gelungener Mitternachtssnack sind? Was nützt es mir, wenn ich mir statt der wie im Rausch vertilgten Schokolade mal eben ausrechne, dass ich gerade 20 böse Punkte gegessen habe?

Richtig. Es nützt mir gar nix. Das werbestarke Weigth Watchers Motto »Iss, was Du willst« ist deshalb auch ausgemachter Schwachsinn. Wenn ich tatsächlich esse, was ich möchte, bin ich bei jedem Weight-Watchers-Treffen zwar der absolute Punktekönig, allerdings im vollkommen verkehrten Sinne.

Wenn ich zu viel Schokolade nasche, ist das eben falsch – ganz gleich, ob ich mir dafür Punkte, Fleißkärtchen, glitzernde Sternchen oder lilablaue Funkelperlchen gebe. Aus diesem Grund bekommt Weight Watchers von mir deshalb auch ausgesprochen kalorienarme null Punkte.

## Die Ananasdiät

Ebenfalls in bleibender Erinnerung ist die von mir tatsächlich ausprobierte Ananasdiät. Wer sich diesen Schwachsinn ausgedacht hat, gehört meines Erachtens in einem großen Bottich voller Saft eben jener tropischen Frucht langsam und qualvoll ertränkt.

Aus heutiger Sicht ist mir völlig unverständlich, wie und warum ich mich tatsächlich irgendwann einmal für blöd genug befunden habe, meine Ernährung für einige Wochen fast komplett auf diese eine Südfrucht zu beschränken. Die Ananasdiät beruft sich darauf, dass fulminante Enzyme aus der Frucht das Fett quasi im Schnelldurchlauf wegschmelzen lassen. Das Einzige allerdings, was bei mir nach einigen Tagen Ananas fulminant geschmolzen war, war die Fähigkeit, meinen Brechreiz zu unterdrücken, wenn ich auch nur in die Nähe einer solchen Tropenfrucht kam – dieses Südfrucht-Trauma hat mir auf Jahre hinaus Urlaube in tropische Regionen verhagelt, und noch heute habe ich massive Schwierigkeiten, einer Ananas vorurteilsfrei gegenüberzutreten. In meinen Träumen stürme ich mit Stirnband, nacktem Oberkörper und einer Machete bewaffnet in die Obstabteilung eines Supermarktes und brülle wie ein Irrer »Tötet die Ananas, tötet die Ananas!« Faszinierenderweise habe ich bei diesen Träumen aber immer einen extrem gestählten Körper, mit Bizeps wie Rambo und einem mehr als bewundernswerten Waschbrettbauch. Womit ich der Ananas zumindest zugutehalten muss, dass sie mich zumindest in meinen Träumen nachhaltig verschlankt hat.

Diese Form der Diät ist im Übrigen nicht auf die Ananas beschränkt, vielmehr finden sich derlei Diäten quer durch den kompletten Obstgarten, nämlich für die Grapefruit (igitt), die Banane (würg), den Apfel und und und … Grundlage der Diät ist dabei immer: Alles, außer der erwählten Frucht, ist verboten. Nicht dass man mich jetzt falsch versteht: Ich liebe sowohl die Banane als auch den Apfel als Fruchtsnack, und selbst einer Grapefruit kann ich durchaus Positives abgewinnen, aber für die entsprechenden Diäten soll man sich ja ausschließlich

und ganz und gar auf die jeweilige Frucht beschränken, Und das klingt nicht nur irgendwie total bescheuert, das ist es auch!

Um normalgewichtigen und damit prinzipiell auch in Sachen Essen denkfähigen Menschen einmal zu verdeutlichen, was das bedeutet: Stellen Sie sich bitte einmal vor, Sie sind in einem Schiffscontainer gefangen, der gerade von Australien via Europa nach New York unterwegs ist. Sie sind allein in Ihrem Container, und das Einzige, was sich dort neben Ihnen noch befindet, sind: Äpfel. Millionen von Äpfeln. Sie befinden sich in einem Container, randvoll mit Äpfeln. Äpfel, wohin sie schauen. Äpfel. Alles voll von den Dingern. Die Überfahrt dauert sechs Wochen.

So.

Viel Spaß und guten Appetit.

Ich garantiere Ihnen: Wenn Sie da jemals wieder lebend rauskommen, wächst zwar überall, wo Sie hinkacken, umgehend ein Apfelbaum, aber Sie werden vermutlich auch mit einer Machete bewaffnet in den nächstbesten Supermarkt stürmen und brüllen: »Tötet die Äpfel, tötet die Äpfel!« Sie sehen: Kein normaler Mensch würde sich wie ein Geisteskranker tage-, wochen- oder sogar monatelang nur von einer Fruchtsorte ernähren – aber genau da liegt ja quasi der Apfel begraben: Übergewichtige sind in Bezug auf ihren Körper alles andere als normal – sie sind verzweifelt, total am Boden und diesbezüglich zu allem bereit. Wir sind erlösungstrunkene Abnehmjünger und damit willens, jede noch so saure Frucht oder jedes noch so holzige Gemüse als unseren Messias zu lobpreisen. In Verheißung eines schlanken Körpers folgen wir willenlos jeder noch so absurden Diät, bis wir – meistens um einige Pfunde schwerer – aus unserer lila Märchenwelt aufwachen, die Grapefruits, Bananen oder Äpfel frustriert aus dem Fenster werfen und uns auf die Suche nach einem neuen Heiland begeben. Derartige Mangelernährungsdiäten sind also aus logischer Sicht nicht wirklich erklärbar, setzen aber genau da an, wo sie jeden Übergewichtigen einhundertprozentig erwischen: Bei der puren Verzweiflung.

Zurückblickend bin ich froh, dass ich mich seinerzeit für das Ananastrauma entschieden habe. Die Flora in meinem heimischen Lebensraum ist bedeutend mehr durch Apfelbäume als durch Ananaspflanzen geprägt. Somit bereiten mir Spaziergänge unter Apfelbäumen – Gott sei Dank – keine mentalen

Qualen. Ich möchte mir gar nicht erst ausmalen, welche psychischen Schäden ich durch eine Apfeldiät erlitten hätte …

## Die Reisdiät, die Kartoffeldiät, die …

Diese Arten der Diät, also »Iss nur XY und verzichte auf alles andere«, finden sich in unzähligen Varianten. Äußerst beliebt: die Reisdiät (Reis essen bis zur Kotzgrenze, alles andere ist verboten), die Kartoffeldiät (raten Sie mal – richtig: Hierbei dürfen es ausschließlich Produkte der knolligen Erdknödel sein) oder – etwas breiter gefasst – die Kohlehydratdiät (im Wesentlichen erweitert sie die Reis- oder Kartoffeldiät auf alle kohlehydrathaltigen Lebensmittel, eliminiert dabei aber alles Eiweißhaltige von der Speisekarte). Selbstredend, dass es das passende Pendant in Form der – Sie ahnen es vermutlich längst – Eiweißdiät gibt, bei der man sich den lieben langen Tag Eieromelettes, Fleischbrocken in Pferdegröße und literweise Joghurts reinpfeifen darf, aber um Gottes willen keine Kohlehydrate. Alle diese Diäten haben grundsätzlich eins gemeinsam: Sie haben mein Gewicht nachhaltig verändert – allerdings nach oben! Denn egal, wie leidensfähig man auch sein, egal, wie viele Reisfelder man auch abgegrast haben mag, irgendwann kommen Hunger und Appetit auf ein Produkt von der jeweiligen Roten Liste – vorzugsweise Hochkalorisches wie Schokolade, Chips, Gummibärchen oder Fastfood – und dann ist plötzlich Schluss mit lustig, und die wochenlange Mangelernährung schlägt brachial mit jeder vertilgten Bulette zurück. Die traumatischen Erfahrungen mit diesen Diäten haben mich dann schlussendlich bewogen, eine eigene Diät zu entwickeln, und zwar die …

## Olli-Diät!

Diese Diät habe ich, wie gesagt, selbst entwickelt, und ich bin auch ein bisschen stolz darauf, und das nicht ohne Grund, wie ich Ihnen nun gern erläutern werde. Im Wesentlichen basiert die Olli-Diät auf den bereits oben erwähnten Mangeldiäten, bei welcher man immer nur eine bestimmte Lebensmittelgruppe essen darf, alles andere nicht. Ich habe diese Diäten allerdings um einen entscheidenden Faktor erweitert: Ich nenne ihn den »Momentum-Faktor«. Es ist im Prinzip ganz einfach: Sie beginnen den Tag mit einer klassischen Kohlehydratdiät – das heißt, Sie dürfen Kohlehydrate essen, soviel sie wollen, müssen aber definitiv auf Eiweißhaltiges verzichten. Konkret könnte das also bedeuten: Brot und Brötchen bis zum Abwinken, aber bitte kein Rührei oder gar ein Steak.

Dieser Diätauftakt ist für mich von Vorteil, da ich morgens sowieso eher ein »Continental«-Frühstücker bin und somit nach Lust und Laune meiner Brötchenpassion frönen kann. Gegen Mittag ist dann allerdings strikte Eiweißdiät angesagt – ich haue mir also zwei bis drei Schnitzel in die Pfanne und verzichte im Gegenzug auf alle Kohlehydrate. Als echter Grillliebhaber empfinde ich Kartoffeln oder Reis neben dem Steak auf dem Teller sowieso eher als störend denn als bereichernd. Abends vorm Fernseher wechsle ich dann gerne zur Zuckerdiät, eine Diätform, die es bisher leider noch gar nicht in die traditionellen Diätheftchen gebracht hat, mir gewissenstechnisch den Verzehr von Süßkram auf der Couch aber erheblich erleichtert. Sie werden mir recht geben, dass diese Diät schon bis hierher ein prickelndes Versprechen ist, aber der eigentliche Clou ist der eingangs erwähnte »Momentum-Faktor«. Der Momentum-Faktor besagt laut den Statuten der offiziellen Olli-Diät-Richtlinien, dass ich grundsätzlich in JEDEM BELIEBIGEN Moment die Diätformen frei variieren kann. Sollte ich also bei der strikten Einhaltung der Kohlehydratdiät am Morgen plötzlich doch Lust auf Rührei mit Speck bekommen, kann ich dank des genialen »Momentum-Faktors« umgehend zur Eiweißdiät wechseln. Quasi noch während des Kauens ermöglicht mir der Momentum-Faktor die Zufuhr weiterer Lebensmittel, die ohne diesen »Momentum-Faktor« eigentlich gar nicht erlaubt gewesen wären. Dieser Umstand macht die Olli-Diät zu der wohl am leichtesten einzuhaltenden Diät, die es überhaupt gibt. Es ist so einfach, wenn man nur weiß, wie!

Ich ahne, was Sie jetzt denken! Sie denken: »Mensch Olli, verdammte Hacke – das ist mal echt genial. So macht Diät richtig Spaß!« Okay, okay, eventuell werden Sie aber auch denken: »Mist Olli, das ist der totale Schwachsinn! Mit dieser Diät wirst du definitiv nicht abnehmen, sondern garantiert noch zunehmen!«

Tja, was soll ich sagen: Sie haben natürlich recht. Und zwar mit beidem! Und genau darin unterscheidet sich meine Diät in keiner Weise von all den anderen ach so schlauen Verzichte-mal-ne-Zeit-auf-dies-oder-das-Diäten! KEINE Diät, die sich auf eine Lebensmittelgruppe beschränkt, wird nachhaltig funktionieren, denn dagegen hat sich die Natur eine perfide und vollautomatische Gemeinheit einfallen lassen, die dem kurzzeitigen Gewichtsverlust am Ende der Saison schonungslos und vor allem nachhaltig die Bilanz verhagelt: Den »Jo-Jo«-Effekt!

*Mein Praxistipp Nr. 4:*
*Verzichten sollten Sie nur auf eines: auf solche Verzichtsdiäten. Denn es gibt sie nicht, die superduper Diät mit Erfolgsgarantie. Sie können tausende probieren und werden nur eins tun: am Ende mehr wiegen als zuvor … Auch wenn die Zeitschriften fast wöchentlich neue Wunderdiäten preisen, lassen Sie einfach die Finger davon. Die einzige Diät, die wirklich hilft, ist die Diät, die Sie gar nicht erst anfangen. Traurig genug, dass man für diese Erkenntnis erst einmal selbst eine gefühlte Million Diäten versucht hat, bevor einem diese simple Erleuchtung den Geist erhellt.*

# Kapitel 8

## *Der »Jo-Jo«-Effekt*

Alle Diätprofis, die sich dem zeitlich begrenzten Weglassen von Lebensmitteln verschrieben haben, kennen, fürchten und hassen ihn gleichermaßen: den »Jo-Jo«-Effekt. Ich schwöre Ihnen hiermit hoch und heilig, dass mir absolut schleierhaft ist, wie man diesem durch und durch miesen, ausgesprochen hinterfotzigen Effekt einen so dynamischen und niedlich klingenden Namen wie »Jo-Jo«-Effekt geben konnte.

Jo-Jos an sich sind diese lustigen, rasant rotierenden bunten Räder an dünnen Schnürchen, womit begabte Jo-Jo-Spieler faszinierende Effekte und wundervolle Kunststückchen zaubern können – nichts davon beschreibt auch nur annähernd den wirklich äußerst demoralisierenden Effekt der ausschlagenden Nadel der Waage, wenn man gerade eine vierwöchige Verzichtsdiät hinter sich hat und sich nur einmal, ein einziges gottverdammtes Mal, an dem einen oder anderen Eisbecher mit Sahne versündigt hat. Der »Jo-Jo«-Effekt müsste eigentlich der »Kackbratzenscheißkotzpissmichaneffekt« heißen! Verzeihen Sie mir diese ehrliche Wortwahl, aber ausschließlich die niederste Vulgärsprache kann die Gefühlslage eines Übergewichtigen beschreiben, wenn er just Opfer des »Jo-Jo«-Effekts geworden ist. Ich weiß das, weil ich ihn kenne. Gut kenne. Ich kenne ihn so gut, wie die verdammte Kohlsuppe meinen Hintern kennt. Der »Jo-Jo«-Effekt ist die Hölle! Der »Jo-Jo«-Effekt kann Menschen im Bruchteil einer Sekunde ruinieren.Er kann gestandene Mannsbilder zu kleinen Bündeln verheulten Elends in hintersten Ecken eines Badezimmers transformieren. Der »Jo-Jo«-Effekt ist abgrundtief böse. Durch und durch. Aber – und das ist letztlich das einzig Positive am »Jo-Jo«-Effekt – er ist voll und ganz logisch und physiognomisch absolut schlüssig zu erklären.

Ich will da jetzt gar nicht in medizinische Details abdriften, aber es ist schlicht und ergreifend eine Tatsache, dass der Körper bei einer dauerhaften Mangelernährung zunächst auf Sparflamme runterschaltet, nur um dann, bei Wiederaufnahme der normalen Nahrung, wupp-di-wupp, volles Pfund auf die Reservebank zu schaufeln, als ob's kein Morgen gäbe. Das macht der Körper nicht mal eben so aus Jux und Dollerei, sondern weil er es so vor ewiger Zeit gelernt hat. Es ist ihm quasi in die DNA geschrieben. Diesem – aus heutiger Sicht – unschönen Traditionsbewusstsein unserer menschlichen Physis hat dann irgendwann irgendein abgrundtief fieser Zyniker den Titel »Jo-Jo«-Effekt gegeben.

Der »Jo-Jo«-Effekt ist – wie schon erwähnt – böse, hinterhältig und gemein. Er sorgt für Frustration, Wut und Enttäuschung, und nicht zuletzt macht er dick. Er sollte keinen so verniedlichenden Namen haben, diese Namenswahl ist ein fataler Fehler! Es gibt nur einen einzigen Fall in der Geschichte der Menschheit, wo bei der Namensfindung ähnlich eklatant danebengegriffen wurde wie beim »Jo-Jo«-Effekt, und das war bei der Benennung der Titanic als: »Die Unsinkbare«.

Geht man das Scheitern der Diäten einmal ganz systematisch an, muss man konstatieren, dass es allein schon aus strategischen Überlegungen ratsam wäre, sich diesen Hauptfeind der Diäten einmal ganz genau anzuschauen und seine Schwächen zu analysieren, um ihn dann mit den eigenen Waffen zu schlagen. Bereits in dem 2500 Jahre alten Klassiker »Die Kunst des Krieges« finden sich wertvolle Tipps für die Kriegsführung, die sich problemlos auch auf die Kalorienfront übertragen lassen. Zwar hatte der Verfasser Sunzi sein Werk seinerzeit vermutlich nicht für die Scharmützel auf der Waage verfasst, aber im Krieg ist ja bekanntlich jedes Mittel recht. Sunzis wichtigste Erkenntnis, die man eins zu eins übertragen kann: Kenne deinen Feind und nutze seine Schwächen.

Nun hat der »Jo-Jo«-Effekt als solcher keine wirklich erkennbare Schwäche, aber dennoch habe ich in einem spektakulären Selbstexperiment versucht, dem »Jo-Jo«-Effekt gehörig eins auszuwischen. Das Problem beim Jo-Jo ist ja: Ganz egal, wie viel man mit einer Diät abnimmt, direkt nach dem Zurückfallen in alte Futtermuster kuscheln sich die verloren geglaubten Kilos wieder ganz gemütlich auf die Hüfte – und nicht nur das, sie haben auch noch ein paar befreundete Extrapfunde mitgebracht. Den Effekt zu verhindern war also unmöglich, das war Fakt – also musste eine vollkommen neue Strategie her – und somit erfand ich an einem lauen Sommermorgen unter dem warmen Strahl der heimischen Dusche eine geradezu revolutionäre neue Ernährungsstrategie: Den Jo-Jo-Reversoplan. Der Trick war, den »Jo-Jo«-Effekt mit seinen eigenen Waffen zu schlagen. Was also, wenn ich mir eine Zeit lang durch bewusst antidiätische Lebensweise ZUERST ein paar Kilos extra anfuttere, um danach wieder ganz normal zu essen – der damit eingeleitete reversible »Jo-Jo«-Effekt sollte doch dann in der Lage sein, die vorher angefutterten Kilos wieder verschwinden zu lassen und dabei gleich noch ein paar weitere Kilos mit aus der Plauze reißen. Andersrum klappt das ja schließlich auch.

Wer jetzt einwendet, dieser Plan hört sich schon in der Theorie ausgesprochen dämlich an, dem kann ich nur sagen: stimmt. Und in der Praxis ist er sogar noch ein Ideechen blöder … Die Erkenntnis, dass der »Jo-Jo«-Effekt nur in eine einzige Richtung funktioniert, habe ich mit drei Kilos extra bezahlt. Und die sind weder wieder von allein gegangen noch haben sie andere Kilos dazu animiert, mitzugehen.

*Mein Praxistipp Nr. 5:*
*Reisen mit Lichtgeschwindigkeit – vermutlich irgendwann irgendwie machbar. Die Ziffer Pi bis zur letzten Kommastelle berechnen – sicherlich nur noch eine Frage der Zeit. Den »Jo-Jo«-Effekt verhindern – vermutlich auf ewig unmöglich.*

# Kapitel 9

## *Dick aus Tradition*

Glaubt man den Evolutionsforschern, liegt der Ursprung unseres heutigen Übergewichts in der genetischen Struktur unserer Spezies, zementiert durch die Nahrungsmittelverwertung in grauer Vorzeit. Also, nicht dass Sie jetzt Ihren Uropa post mortem verfluchen und denken, Sie seien zu dick, weil der seinerzeit zu viel geschlemmt hat – nein, es liegt daran, dass das Bilden von körpereigenen Energiereserven (schöne Umschreibung für so etwas Triviales wie eine dicke Wampe, nicht wahr?) in Zeiten unregelmäßiger Futterversorgung überlebenswichtig war. In grauer Vorzeit war es nämlich keineswegs gesichert, dass Papa Steinzeit für seine kleinen Nachwuchsgeröllschubser immer genügend frisch Erlegtes mit in die heimische Höhle zerrte.

Das gab dann – neben vermutlich langen Gesichtern und den ersten prähistorischen Ehestreitigkeiten – leider auch ein überschaubares Essensangebot, das die Überlebenschancen des betroffenen Hungerclans auf eine harte Probe stellte. Da blieb sozusagen gerne mal für ein paar Tage die Küche kalt! (Wobei ich das jetzt unabhängig von der Entdeckung des Feuers verstanden wissen will …)

Demnach war es also durchaus zweckmäßig, in Zeiten unsicherer Nahrungsmittelversorgung Energie auf den Rippen und an allen nur erdenklichen anderen Stellen des Körpers zwischenzulagern, um in Krisenzeiten nicht gleich den Löffel abgeben zu müssen (der ja im Übrigen ebenfalls noch nicht mal erfunden war). Wäre dieses Essensdilemma seinerzeit nicht evolutionstechnisch so außerordentlich prägend gewesen, wir hätten heute vermutlich noch nicht einmal ein Wort für »Übergewicht«! Oder anders gesagt: Hätte es zu prähistorischer Zeit schon Tiefkühlpizza und Fastfood-Ketten gegeben, wir wären heute garantiert allesamt wunderbar schlank. Es gibt also gar nicht zu viele Junkfood-Buden, es gibt sie einfach noch nicht lang genug! (Wow … mit dieser wirklich gewagten These sollte ich dringend in die Werbung gehen. Zwar komme ich damit noch nicht ganz an die größten volksverblödenden Verkaufsslogans heran, aber ich denke, ich bin ihnen schon dicht auf den Fersen … noch ein bisschen mehr, und ich erzähle Ihnen, dass Zuckerpops und Schokoladencreme ein »gesunder Start in den Tag sind«.)

Aber zurück zum Thema: Der gängige Steinzeitbewohner streifte also seinerzeit mit Vorliebe durchs Gehölz und versuchte dabei nicht nur, das Gefressenwerden zu vermeiden, sondern stattdessen selber etwas zum Knuspern aufzutreiben.

Da – wie schon erwähnt – der nächste Supermarkt noch das eine oder andere Milliönchen Jahre auf sich warten lassen sollte, war diese Art der Nahrungsmittelbesorgung bisweilen etwas unstet – und die Aufnahme der täglich empfohlenen Kalorienmenge alles andere als gesichert. (Wobei ich mich an der Stelle schon frage: Woher wusste ein durchschnittlich begabter Steinzeitler eigentlich, was sein empfohlener Tagesbedarf an Kalorien, Fett und Vitaminen war, wenn es doch gar keine Verpackungen gab, auf denen das aufgedruckt war?)

Fakt war jedenfalls: Es gab futtertechnisch auch mal richtig magere Zeiten für die antiken Felsenfreunde, und um diese zu überleben, hat sich Mutter Natur dann gedacht: Ich häng dem Homo sapiens mal 'nen kleinen Reservespeicher ans Knochengerüst. Das sieht zwar dämlich-dicklich aus, hilft aber maßgeblich beim Überleben, und darum geht's ja schließlich bei der Evolution.

Nun mag der eine oder andere Fashionfreak oder Stylingjunkie heute zwar der Meinung sein, dass pures Überleben ohne ansehnliche Konfektionsgröße schlicht inakzeptabel ist, aber: Mutter Natur wirkte diesbezüglich völlig frei von jeglichem Schönheitsideal oder Idealmaß-Denken und verfuhr nach der Devise: Dick macht Sinn. Keine Frage, dass dieses Prinzip seit ewigen Zeiten auch schon bei anderen Spezies wunderbar funktioniert hat, bei einigen ausgesuchten Exemplaren reicht die Reserve sogar für ausgeprägte Winterschläfchen, was ich persönlich ja als eine extrem beneidenswerte Art der Fettpolsterverbrennung empfinde, aber aus irgendeinem Grund war derlei Schlafdiät für den Homo sapiens leider nicht vorgesehen. (Danke Mutter Natur! … Warum, zum Henker, hast Du uns den Winterschlaf eigentlich missgönnt?)

Moment mal: DAS wäre doch wirklich einmal die Idealdiät! Ollis wunderbare Winterschlafpille! Einfach im Herbst einen kleinen feinen Drops auf der Bettkannte lutschen, und an einem milden Frühlingsmorgen schlankgepennt aus dem Schlafgemach krabbeln – warum ist eigentlich vor mir noch keiner auf diese famose Idee gekommen?

Aber statt nun gemütlich in einer warmen Höhle die Pfunde wegzuratzen, ist der Mensch das einzige Tier geblieben, das praktisch vierundzwanzig Stunden am Tag industriell hergestellte Lebensmittel vertilgen kann – und das 365 Tage im Jahr. Und als ob das noch nicht gereicht hat, haben wir Menschen darüber hinaus auch noch fragwürdige Schönheitsideale und schlankheitsfanatische Modedesigner hervorgebracht. Fakt ist jedenfalls: Aus oben genannten Gründen sind wir planetenweit die einzige Gattung, die mit einem Onboard-Fettspeicher zu kämpfen hat (abgesehen von einigen Hunden oder Katzen, welche von ihren Herrchen oder Frauchen »liebevoll« bis zur Unkenntlichkeit gemästet werden). Es stellt sich also letztlich die Frage: Wieso eigentlich hat die verflixte Evolution noch nicht bemerkt, dass die Menschen in Industrieländern diese ach so tolle Fettspeicherfähigkeit so dringend benötigen wie ein drittes Nasenloch? Anders gesagt: Wo ist die Evolution, wenn man sie mal braucht?

Die Antwort ist vermutlich, dass es für »El Evolutione« schlicht noch nicht genug »fette« Jahre gab, um sich von dieser zigtausend Jahre bewährten Tradition zu verabschieden. Eventuell ist in schlappen zwei bis drei Millionen Jahren Übergewicht wirklich kein Thema mehr – so lange kann und will ich allerdings nicht mehr warten …

Aber zurück zur Evolution: Diese ganze Fettablagerungsgeschichte hängt – wie wir ja alle wissen – natürlich nicht nur allein mit unseren veränderten Essgewohnheiten, sondern insgesamt mit veränderten Lebensumständen zusammen.

Würden wir, wie einst unsere prähistorischen Jagdkumpane, unsere Tiefkühlpizza nach einer stundenlangen zermürbenden

und körperlich äußerst fordernden Pirsch im Supermarktregaldickicht per Speerwurf erledigen, die Kalorien des so kräftezehrend erbeuteten Teigfladens würden garantiert keinen bleibenden Abdruck auf unserer Körpersilhouette hinterlassen. Aber der Fluchtreflex der gesamten Gattung »Tiefkühlkost« ist erschreckend unzureichend ausgebildet, und weil darüber hinaus auch speerschwingende Pizzajäger in Kaufhäusern eher ungern gesehen sind und vermutlich gewisse Irritationen beim Personal hinterlassen würden, rollen wir stattdessen mit chromglänzenden Shoppingmobilen durch die prall gefüllten Kaufhausgänge und stützen unseren Oberkörper dabei auch noch – äußerst kaloriensparend – auf dem Haltegriff ab.

Derart gewappnet schaufeln wir quasi im Vorbeischlendern Millionen von Kalorien in den Einkaufswagen und verbrauchen dabei so wenig Energie wie eine Springmaus beim Mittagsschlaf. Ironischerweise hat die Evolution bei den Einkaufswagen in den letzten Jahren ausgesprochen beachtliche Fortschritte gemacht – die Dinger sind nämlich bedeutend größer geworden. Wer mal einen Einkaufswagen aus den Siebzigern neben die heutigen Volumenboliden schiebt, der wird tatsächlich baff erstaunt sein. Gegen den putzigen Shoppingassistenten aus meiner Jugend wirken die heutigen Einkaufsmonster wie ein LKW gegenüber einem Bobby Car, und, Sie ahnen es schon: Das ist ein durchaus gewollter Effekt, denn dahinter steckt der perfide Plan, dem Konsumenten immer mehr Ware anzudrehen als dieser eigentlich benötigt, denn in großen Einkaufswagen sieht es immer so aus, als haben Sie erst ganz wenig eingekauft. Sie sind also bereits dann ein Opfer professioneller Verkaufspsychologen, bevor Sie das erste Produkt im Warenregal auch nur erspäht haben!

Wir hingegen haben sie im Schnellverfahren überholt, die gute alte Evolution. Unsere Fettspeicher haben die letzten paar dutzend Versionsupdates einfach verschlafen, das Energiemodul unserer Körperchemie liegt in der hoffnungslos veralteten Version 1.0 vor, während unsere Nahrungsmittelversorgung dank Industrialisierung und Massenproduktion immer die allerneusten Updates bekommt. Er hat sich mal so richtig selbst verarscht, der moderne Mensch!

Aber weil ja der Homo sapiens neben seinen Fettzellen im Laufe der Zeit auch seine Gehirnzellen erweitert hat (leider nicht im gleichen Maße), steht uns heutzutage eine ganze Armada hilfsbereiter Menschen, Maschinen und Programme zur Seite, um diesen fatalen Evolutionsaussetzer angemessen zu korrigieren. Diese wunderbaren Gerätschaften haben – ähnlich wie der »Jo-Jo«-Effekt – einen eigentlich vollkommen irreführenden Namen, denn meines Erachtens müssten »Fitnessgeräte« eher »Frustrationsgeräte« heißen. Tun Sie aber nicht.

*Mein Praxistipp Nr. 6:*
*Tatsächlich sind wir dick, weil es die Natur eine Zeit lang als sehr zweckmäßig ansah, Fettpölsterchen für schlechte Zeiten anzulegen. Dass dieser Mechanismus in Zeiten des permanenten Überflusses fatale Folgen hat, war von der Natur so nicht vorherzusehen. Sie haben nun zwei Möglichkeiten:*

*Erstens, und das empfehle ich nur sehr, sehr ausdauernden Menschen, Sie warten darauf, dass die Evolution in den nächsten 40 000 Jahren ihren Fehler korrigiert, oder, zweitens: Finden Sie sich damit ab. Akzeptieren Sie, dass Sie eventuell einen ordentlichen Schlag dieses Reservegens in sich tragen. Machen Sie sich klar: Die Natur wollte schlicht und ergreifend sicherstellen, dass gerade SIE bei einer Hungersnot überleben würden – wenn das das Selbstwertgefühl nicht gehörig aufpeppt, was dann?*

# Kapitel 10

## *Dick zur falschen Zeit*

Genau genommen trifft uns Dicke also ein geschichtlicher Umstand besonders hart: das miese Timing unseres Körpers. Denn das »Dicksein« allein ist eigentlich gar nicht so schlimm. Was uns viel mehr zu schaffen macht, ist die gesellschaftliche Ächtung.

Und genau das war nicht immer so. Wären wir nur ein paar Jahrhunderte früher geboren, hätten wir mit unseren Zusatzpfunden nicht nur gesellschaftlich mehr Anerkennung genossen, sondern darüber hinaus auch deutlich bessere Chancen gehabt, Krankheiten zu überleben. Während in der heutigen Zeit jeder Hungerhaken dank Antibiotika locker die krasseste Grippewelle übersteht, waren im Mittelalter noch ganz andere körperliche Energiereserven nötig, um mit dem Leben davonzukommen. Und auch das Schönheitsideal orientierte sich vor gar nicht allzu langer Zeit nicht an hautüberspannten Knochengestellen, sondern an Damen und Herren, bei denen man mal so richtig zupacken konnte – und das nicht nur einmal. Dick sein musste man sich damals leisten können. Nicht umsonst zieren sogenannte Rubensfiguren die Werke alter Meister – Rundungen so wonnig und einladend, dass man das heutige Schönheitsideal so gar nicht mehr richtig nachvollziehen mag. Auch wenn es nur ein schwacher Trost ist, aber: Vor dreihundert Jahren wären meine Kurven absolut kunsttauglich gewesen. Von wegen also »Gnade der späten Geburt ...«

*Mein Praxistipp Nr. 7:*
*Zu diesem Thema habe ich eigentlich nur zwei simple Empfehlungen. Erstens: Bauen Sie eine Zeitmaschine. Zweitens: Nehmen Sie mich mit.*

*Alternativ warten Sie einfach, bis runde Körperformen wieder in Mode kommen. Zwar kommen alle Trends und Moden immer wieder, aber weil DIESER Trend noch ein bisschen länger auf sich warten lassen könnte, finden Sie sich zur Abwechslung doch selbst einfach mal so schön, wie Sie sind. Der alte Rubens wäre vermutlich stolz auf Sie, seien Sie es also auch einfach mal ab und zu.*

# Kapitel 11

## *Meine Fitnessgeräte*

Natürlich habe ich Fitnessgeräte. Jeder halbwegs ernstzunehmende dicke Industrielandbewohner hat solche Dinger. Wer sollte den ganzen Blödsinn denn auch sonst für teuer Geld kaufen, wenn nicht wir doofen Dicken, die sich panikartig an jeden noch so absurd klingenden Schlankheitsstrohhalm klammern? Ein ganzer Kellerraum (den ich natürlich liebevoll »Fitnessraum« nenne) kapituliert geradezu unter dem teuer erkauften, aber vollkommen nutzlosen Fitnessgeraffel.

Wäre ich nicht dick, könnte ich vermutlich über so manch unfassbar bekloppte Gitterrohrkonstruktion, sprich: das Powerflexwunderfettweg-Gerät, herzhaft lachen, doch ab hundert Kilo aufwärts ist das mit dem Humor so eine Sache. Man ist leider sofort geneigt, noch den absurdesten Gerätschaften mittels zutiefst irrationalen Wunschdenkens doch eine verschlankende Wirkung zuzubilligen. Interessanterweise sind in grundsätzlich allen Werbefilmen für Heimtrainer, Hantelbanken oder Sit-up-Power-Stations immer nur perfekt proportionierte und bis in die Haarspitzen durchtrainierte Menschen zu sehen. Aber wer kauft diesen Mist wirklich? Wir Dicken natürlich.

Erkenne jetzt nur ich diesen klitzekleinen Widerspruch darin?

Ein Auto wird doch auch für Fahrer und Käufer der Jetztzeit beworben und nicht zukünftigen KFZ-Haltern in Form von brabbelnden Kleinkindern schmackhaft gemacht. Was hätte denn ein Baby von der Aussage »Schau her, in achtzehn Jahren könntest DU die dralle Blonde hinterm Lenkrad sein …«. Soll heißen: Warum zum Henker wollen Werbefilmchen und Prospekte für Fitnessgeräte eigentlich nur die Botschaft vermitteln: »So KÖNNTEST Du aussehen, wenn Du auf unserem Gerät trainierst.«

Warum zeigen sie nicht den Hundertsechzig-Kilo-Menschen auf seinem hip-gestylten Heimtrainer? Wie er strampelt und schwitzt, und wie er den Fünfundvierzig-Minuten-Workout aus konditionellen Gründen umgehend in ein Zweieinhalb-Minuten-Burnout verwandelt? Richtig, weil's scheiße aussieht! Muss man doch an der Stelle mal klar sagen!

Mr. Perfect mit seinem glänzenden Bizeps und dem wohlgeformten Sixpack macht einen deutlich besseren Eindruck am Sportgerät als der Rollmops aus der Nachbarschaft, der schon beim Überziehen der Sportklamotten ins Schwitzen kommt. Somit appellieren die ganzen Gerätschaften einmal mehr nicht an unsere Logik, sondern einzig und allein an unser Wunschdenken. Denn faszinierenderweise kaufen wir Dicken dieses ganze Sportgeraffel meist im vollen Bewusstsein darüber, dass wir mit Hilfe dieser Foltergeräte niemals die sportlichen Idealmaße von diesem Typen aus der Werbung erreichen werden! Weil die Bilder aber derartig Eindruck machen, wird gekauft, als ob allein schon die Anschaffung der Gerätschaften zur vitalen Seligsprechung reicht. Ich kenne wirklich keinen schlanken und fitten Menschen, der auf die absurde Idee kommen würde, sich so eine Trainingsapparatur ins Wohnzimmer zu stellen. Wie auch, die haben wir Moppelhoppel doch eh schon alle aufgekauft – Fitnessgerätekauf, das ist eine Disziplin, die wir Dicken aus dem Effeff beherrschen. Fitnessgeräte sind für Dicke das, was Aschenbecher für Nichtraucher sind: Man benutzt sie nicht wirklich, aber man stellt sie sich trotzdem hin – die Aschenbecher für rauchende Freunde, die Fitnessgeräte für den inneren Schweinehund.

Sollten wir Dicken dann tatsächlich beschließen, richtig aktiv zu werden, hat die eine oder andere Fitness-Messeneuheit die unschöne Eigenschaft, bei der Nutzung durch tatsächlich Sportbedürftige (also wirklich echte Schwergewichte) schneller in die Binsen zu gehen als man »superinnoavativer-gelenkschonend-sit-up-unterstützender-Powerring« sagen kann. Klar, im Präsentationsfilmchen macht das sportliche Funktionsgestell an der Fünfundfünfzigkilo-Sportlerin noch eine gute Figur, zu

Hause auf der Matte kollabiert das Wundergerät ratzfatz unter den dann gegebenen hundertfünfunddreißig Kilo Realbedingungen. Ich habe – kein Witz! – mindestens ein halbes Dutzend neuartiger Fitnesstools derartig schnell ins mechanische Nirwana trainiert, dass die Kalorien noch nicht mal Zeit hatten, sich angemessen von ihren Kollegen in der Plauze zu verabschieden. Und an dieser Stelle möchte ich mit voller Kraft den Herstellern von TV-Shop-präsentierten Abnehmkrücken entgegenrufen:

PLASTIK ist kein geeignetes Material für Übergewichtige! Niemals. An keinem noch so tollem Gerät. Punkt.

Es scheint sich bei der Industrie einfach noch nicht herumgesprochen zu haben, dass Plastik und Übergewicht zwei Begriffe sind, welche niemals schmerzfrei miteinander kooperieren werden. Im schlimmsten Fall bleiben beim Trainieren beide sprichwörtlich auf der Strecke: das Trainingsgerät durch technischen, der Trainierende durch moralischen K.O. Wer schon einmal eine Hantelbank durch bloßes Draufsetzen zum Kollabieren brachte, wird verstehen, was ich meine.

Es ist äußerst frustrierend zu sehen, wie man soeben allein durch sein Gewicht, gepaart mit etwas ungeschickter Bewegung, ein 200-Euro-Trainingsgerät zur finalen Streckung bringt. Durch »Trial and Error« lernt man dann im Laufe der Kilos zwar, echte Trainingsgeräte von TV-Shop-Rohrkrepierern zu unterscheiden – was sich dann leider auch im Preis niederschlägt. Denn natürlich habe ich im Laufe meiner Abnehmversuche nicht nur ein einziges Gerät gekauft, sondern ein kleines Vermögen für die aberwitzigsten Hilfsmittel gegen akute Plauzeritis ausgegeben.

Wenn wir die kleineren Gewichte und pubertären Hantelgerätschaften mal außen vor lassen, habe ich mir mein erstes seriöses, vermeintlich gewichtsreduzierendes Hilfsgerät so um das Jahr 1994 gekauft. Ziel war ein perfektes Ausdauertrainingsgerät, das ein optimales Kalorienverbrennungsergebnis verspricht. Wenn ich schon trainiere, dann doch bitte schön so, dass das Maximum an Ergebnis zu erwarten ist. Nach wochenlanger Recherche (ich habe natürlich an einem Montag(!) mit dem Suchen angefangen) war klar: Der konditionell und verbrennungstechnisch sinnvollste Bewegungsablauf wird entweder beim Schwimmen oder beim Skilanglauf erreicht.

Weil es der Industrie leider bis heute nicht gelungen ist, ein wohnzimmertaugliches, schnell auf-und abbaubares Schwimmbecken zu entwickeln, fiel die Wahl zwangsläufig auf einen Skitrainer. Zwar verzichtete der Hersteller auf das Anlegen echter schneebedeckter Loipen im Wohnbereich, aber die simultane Bewegung des Oberkörpers, das Schwingen der Arme und die gleitende Bewegung der Beine wurde recht originalgetreu durch ein mit Strippen bestücktes Holz-Metall-Kunststoffmonster erreicht, bei dem man auf rollenbewehrten Skibrettern auf der Stelle gleiten konnte, während man gleichzeitig die Skistockbewegung mittels Seilzügen in Brusthöhe simulierte. Dieser damals wie heute sündteure Skitrainer, schick und edel anzusehen, war im Stellplatzverbrauch allerdings recht raumgreifend. Aber mir war's egal: Ich wollte ja schließlich trainieren und abnehmen, das durfte dann ruhig auch jeder sehen.

Zwar gab es seitens meiner Freundin zunächst ein Veto bezüglich eines Skistadions im Wohnzimmer, aber die Aussicht auf einen Waschbrettbauch mit muskulösen Oberarmen und wohlgeformten Pobacken waren dann wohl doch zu verlockend für sie …

So begann ich also gleich nach der Aufstellung mit einem ausführlichen Langlauftraining im wohltemperierten Wohnzimmer. Kilometer um Kilometer glitt ich von nun an Tag für Tag auf meinem Langlaufgerät durch schneebedeckte Wälder, ergab mich gedanklich sogar diversen Weltmeisterschaften und olympischen Winterspielen hin, während meine Pfunde nur so purzelten … leider allerdings genauso virtuell wie der Schnee, die Weltmeisterschaften oder waldumrandete Loipen. Die traurige Wahrheit war: Ich trainierte wie ein Bekloppter, aber meine Waage honorierte mein Trainingsprogramm nur sehr rudimentär.

Als sich auch nach einer Woche intensiver Loipenarbeit so gut wie nichts auf der Anzeige meiner Digitalwaage tat, machte ich das einzig Naheliegende: Ich feuerte die Waage und reduzierte mein tägliches Trainingsprogramm drastisch. Wer jetzt aber glaubt, dass ich dies aus purer Frustration tat oder gar aus Resignation, der irrt gewaltig. Vielmehr war es so, dass ich erkannt hatte, dass zur nachhaltigen Gewichtsreduzierung einfaches Rumgehampel auf dem Skitrainer nicht ausreicht. Nein, es musste ein wohldurchdachter Trainingsplan mit einem präzisen Anforderungskatalog erstellt werden, um dauerhaft Erfolg zu haben. Ohne einen solchen Plan, das war mir absolut klar geworden, wäre jede Trainingseinheit völlig vergebens. Leider arbeite ich an der Erstellung dieses Plans noch heute, und um nachweislich sinnlose Zeitverschwendung zu vermeiden, habe ich das Gerät nach dem Abbau zunächst einmal im Keller geparkt.

Aber hin und wieder, immer wenn ich einen akuten Anfall von purem Aktionismus verspüre, hole ich das sperrige Gerät hochmotiviert aus dem Kellerasyl zurück ins angestammte Habitat Wohnzimmer, wo es dann mit schöner Regelmäßigkeit die immer gleiche bemerkenswerte Metamorphose vom Fitnessgerät über einen Kleiderständer bis hin zu einem veritablen Staubfänger durchläuft – bevor ich es dann am Ende dieser erstaunlichen Verwandlung wieder bis zum nächsten Frühling im Keller einlagere.

*Mein Praxistipp Nr. 8:*
*Kaufen Sie alles, was Sie diesbezüglich finden. Jedes sinnfreie Gestänge, erwerben Sie jede nutzlose Apparatur, die Sie auftreiben können. Sie dürfen sie dann ruhigen Gewissens ungeöffnet im Keller parken, denn abnehmen würden Sie damit sowieso nicht.*

*Aber wenn Sie einige Jahrzehnte weitestgehend alle diese sinnfreien Apparaturen aufgekauft haben, können Sie irgendwann ein wirklich faszinierendes Museum eröffnen und nachfolgende Generationen damit erheitern, wie bescheuert wir Dicken uns jahrelang von den Herstellern dieser Mumpitzgerätschaften das Geld aus der Tasche haben ziehen lassen.*

# Kapitel 12

## *Abnehmen, aber Wii?*

Wem das unbeholfene Abstrampeln auf einem Ski-Langlauf-Heimtrainer schon suspekt vorkommt, dem empfehle ich hiermit aus ganzem Herzen die nächste Stufe der vollständigen Hirnenthemmung: abnehmen mithilfe einer Spielkonsole. Die Dinger waren für mich lange Zeit eher uninteressant, allerdings nicht etwa, weil mir der kindliche Spieltrieb irgendwann abhandengekommen wäre, sondern weil ich die intensiven Gelüste nach Videospielen schon sehr früh mittels deutlich potenterer Computergrafik befriedigte. Das hatte den Vorteil, dass ich die regelmäßigen und finanziell durchaus beachtlichen Upgrades meiner heimischen Rechenknechte immer auch mit »arbeitstechnischen Gründen« rechtfertigen konnte. Es versteht sich schließlich von selbst, dass man als Comedian von Welt seine Ideen grundsätzlich nur an massiv übertakteten, wassergekühlten und bunt beleuchteten Megarechnern erfassen kann, nicht wahr? Und für mich ist es auch heute noch, schon aus Gründen der besseren Lesbarkeit von Word Dokumenten, eine Selbstverständlichkeit, die Grafikkarte mindestens alle 18 Monate durch ein deutlich schnelleres Exemplar zu ersetzen – wer will schon prähistorische Schliereffekte beim Scrollen eines Word Dokuments?

Die Ergänzung meiner Spiel … pardon, die Ergänzung meiner ARBEITSGERÄTE durch eine Spielkonsole erfolgte dann allerdings durch den geschickt platzierten TV-Spot von Nintendo, in dem eine sportlich fitte, dynamische Familie vorm heimischen TV-Gerät ein wunderbar unterhaltsames und spaßiges Tennismatch spielte. Da war es also. Direkt vor meiner Nase. Die eierlegende Wollmilchsau. Ein Spaßgerät, mit dem man spielend Kalorien vernichtet. Genial.

Mir war sofort klar, dass ich mir dieses Gottesgeschenk umgehend ins Haus holen musste. Und siehe da: Der Spaß war da – zumindest, nachdem ich herausgefunden hatte, dass der Hinweis, man möge den Controller doch mittels der Handschlaufe sicher am Handgelenk verankern, nicht gänzlich unbegründet war … Der Primäreinschlag des kabellosen Steuergerätes in der Glasvitrine, mitten in einer heißen Phase eines ersten umkämpften Tennismatches, war zwar hart, aber lehrreich. Doch derlei Kollateralschäden sind ja geradezu unvermeidlich, wenn man als Sport-Trendsetter gänzlich neue Wege beschreiten will, und was bedeutet schon eine zerschossene Glasschranktür, wenn es um die Entdeckung der Fitnessrevolution geht?

Fortan fuchtelte ich also mit dem Controller in der Hand wie ein Geisteskranker im Wohnzimmer vor dem Fernseher herum, kämpfte, stöhnte und ackerte mich wie weiland Boris Becker von Sieg zu Sieg. Sie hätten mich sehen sollen. Wie ein absoluter Sandplatz-Crack bewegte ich mich bei virtuellen Tennisturnieren ausladend im Wohnzimmer, dessen Möbel ich für den benötigten Aktionsradius eigens neu arrangieren musste. »Form follows function«, darauf basierend verwandelte sich mein Wohnzimmer schon sehr bald in eine kreisrunde Sportarena, damit die weitreichenden Aktivitäten vor dem Bildschirm nicht durch Lampen, Tischchen oder Regale unsanft eingeschränkt wurden.

Es war eine wirklich schöne Zeit. Zumindest virtuell war ich fit und aktiv.

Bis zu jenem schicksalhaften Wochenende, an dem mir ein fieser kleiner Junge aus der Nachbarschaft zeigte, dass der Punkterfolg beim häuslichen Tennisturnier so ganz und gar nichts mit den schweißtreibenden Verrenkungen meiner gesamten Körperlichkeit vor dem Fernseher zu tun hatte.

Während ich nämlich um größtmögliche Realitätsnähe bemüht war, beim Aufschlag stöhnte, und mit weiten, ausladenden Bewegungen auf die kleinen gelben virtuellen Filzbälle eindrosch, spielte Nachbarsjunge Denny eher relativ statisch, um nicht zu sagen ausgesprochen spartanisch mit dem Controller herum, aber vernichtete mich damit Satz für Satz, ohne auch nur eine einzige Perle Schweiß zu vergießen.

Verstehen Sie mich nicht falsch, das lag nicht etwa daran, dass meine Rückhandtechnik nicht fließend oder kraftvoll genug von mir ausgeführt wurde, sondern eher das Gegenteil war der Fall: Meine geschmeidigen, den gesamten Muskelapparat fordernden Schlagbewegungen wurden vom verdammten Controller in keiner Weise durch einen besonders dynamischen Topspin honoriert, stattdessen waren es eher Dennys kaum wahrnehmbare minimalistische Zuckungen im Handgelenk, welche in steter Regelmäßigkeit Bälle mit der Wucht einer Haubitze hervorbrachten.

Nach unzähligen Niederlagen musste ich einsehen, dass auch

das Sportprogramm an der Wii in Wirklichkeit eine einzige enttäuschende Werbelüge war, denn um die Spiele zu gewinnen, war es sogar eher hinderlich, mit vollem Körpereinsatz zu arbeiten, da man mit kleinen zackigen Bewegungen aus dem Unterarm deutlich bessere Resultate erzielen konnte als durch großflächige Bewegungsabläufe.

Und so kam es, wie es kommen musste. Die anfangs spaßigen und bewegungsintensiven Tennisturniere an der Spielkonsole wurden zu komplett statischen Stehpartys mit minimalsten Bewegungsabläufen für maximal effiziente Punkteresultate. Ein netter Zeitvertreib zwar, aber unter diätischen Gesichtspunkten vollkommen unbrauchbar.

Einige Zeit später erweiterte ich mein Repertoire der Fitnessspiele auf der Konsole noch um das »Wii Fit Board«, auf dem man stehend mittels Sensoren im Board die im Spiel geforderten Bewegungen simulieren sollte – bei diesem Plastikbrettchen mit Funkanschluss wurde dann einmal mehr deutlich, dass echte sportliche Ambitionen bereits herstellerseitig definitiv unerwünscht waren. Echte Sprünge bleiben nämlich nur in der virtuellen Welt physikalisch folgenlos, in der Realität kapitulierte mein hippes Wii-Board unter meinem Gewicht schon beim ersten Versuch, einen neuen, epochalen Schanzenrekord im Skispringen aufzustellen. Ich vermute, das Allerletzte, was die Gewichtssensoren unter meinen Füßen noch an die Spielkonsole funkten, bevor sie mit einem lauten Knarzen den Dienst für immer einstellten, war die Frage: »Was zur Hölle hat ein Elefant auf der Skischanze zu suchen?«

# Kapitel 13

## *Mal wieder 'ne Diät: Schlank durch Hypnose!*

Während man nach dem perfekten Trainingsplan sucht, ist es – natürlich – mal wieder Zeit für eine Diät. Immerhin muss es ja einen Grund geben, warum auf jeden Übergewichtigen vermutlich mindestens fünf Diäten kommen. Ein wirkliches Highlight unter den an Highlights reich gesegneten Trends der Abnehmbranche ist die Hypnose-Diät. Eines vorweg: Bei keiner anderen Diät werden Sie so rasch eine massive Gewichtsverringerung feststellen wie beim regelmäßigen Gang zum Hypnotiseur. Der Gewichtsverlust bezieht sich allerdings ausschließlich auf Ihren Geldbeutel, denn dort verschwindet Ihr Guthaben schneller als Houdini zu seinen besten Zeiten. Hypnose. Die Jahrmarkt-Wundertüte aus der Ecke des Kuriositätenkabinetts und der Zauberei. Es war eigentlich nur eine Frage der Zeit, bis die Rattenfänger aus Kaloristan die Dicken dieser Welt in ihren Bann ziehen würden. Was hat man nicht alles schon gesehen: Da werden Menschen zu willenlosen Sklaven, grunzen auf Befehl wie Schweinchen oder gackern wie Hühner – was also liegt näher, als Hypnose auch zur Diät zu versuchen? Wenn es einem Hypnotiseur gelingt, Menschen, die sich selbst mitunter sogar für schwer beeinflussbar halten, einzureden, sie seien nun bellende Vierbeiner, dann MUSS es doch ein Kinderspiel sein, einem Dicken einzureden, dass er keinen Appetit mehr hat.

Aber was soll ich sagen: Schlank durch Hypnose funktioniert wirklich ... Zumindest bei meinem Hypnotiseur – der war nämlich gertenschlank und hatte fast schon Modelmaße! Ich selbst hingegen verspürte keine 15 Minuten nach Ende der »Therapiesitzung« bereits unwiderstehlichen Appetit auf einen leckeren Burger im XXL-Format, und das, obwohl mir in der Sitzungsstunde zuvor ein unüberwindlicher Ekel vor Fastfood suggeriert wurde. Es versteht sich von selbst, dass ich zur Verifizierung der Wirkungslosigkeit der Hypnose umgehend im nächstbesten Burgerladen eingekehrt bin und ein – natürlich rein zu Forschungszwecken – gigantisches Menü geordert habe. Dass ich dies nicht bellend oder gackernd getan habe, hat mich zwar ein wenig beruhigt, aber ein bisschen Enttäuschung war irgendwie trotzdem mit dabei.

*Mein Praxistipp Nr. 9:*
*Schauen Sie auf diese Zeilen … lesen Sie sie ganz langsam und aufmerksam … konzentrieren Sie sich einzig und allein auf diese Wörter … Sie werden dabei sehr müde … alles um Sie herum wird leichter … Sie fühlen sich gut und zufrieden … Sie verspüren den unbändigen Drang, dem Autor dieses Buches Geld zu überweisen … gehen Sie zu Ihrem Scheckbuch … füllen Sie einen hohen vierstelligen Betrag aus und adressieren Sie ihn an den Verfasser dieses Buches … es wird sich sehr gut anfühlen … Sie werden sich wie befreit fühlen … danach wachen Sie wieder auf und sind von einem guten, wohligen Gefühl durchdrungen, verspüren aber weiterhin den Drang, dieses Buch gleich noch einmal zu kaufen.*

# Kapitel 14

## *Der »Jo-Jo«-Effekt, Teil II*

Ja, ja, ich weiß, was Ihr denkt: »Mooooment mal, der ›Jo-Jo‹-Effekt kam doch schon in Kapitel 7 – du bescheißt uns doch hier!«

Aber, Freunde, was exakt habt Ihr Euch von diesem Effekt denn anderes erwartet, als dass er immer wieder auftaucht? Im Prinzip gleich nach jedem »Diäten-Kapitel« muss doch – einfach, um dem wirklichen Leben auf der Spur zu bleiben – der »Jo-Jo«-Effekt sein Unwesen treiben, nicht wahr? Denn genauso ist er, der »Jo-Jo«-Effekt – fies, nervig und ausgesprochen penetrant.

# Kapitel 15

## *Die Tücken der Selbstwahrnehmung, oder: Innen bin ich schlank!*

Bei diesem Kapitel habe ich überlegt, ob ich es tatsächlich noch »Selbstwahrnehmung« oder doch schon »Selbstbetrug« nenne. Es ist ein nicht zu leugnendes Phänomen, aber vermutlich alle Schwergewichtigen dieser Welt halten sich für schlanker als sie eigentlich sind.

Das ist einerseits verständlich, denn jeder sieht sich selber doch ein klein wenig cooler, attraktiver oder eben schlanker, als er in Wirklichkeit ist. Trotzdem gibt es andererseits immer wieder recht eindeutige Hinweise darauf, dass die Eigenmasse eklatant vom Durchschnittswert abweicht, zum Beispiel wenn man im Freibad auf dem Drei-Meter-Brett steht und der Bademeister für die Menschen unten im Wasser panikartig eine Tsunami-Warnung rausgibt. Da einem aber nicht immer so überdeutlich klargemacht wird, dass man eher zu den großkalibrigeren Ausführungen der Gattung Homo sapiens gehört, gelingt es uns Dicken, sich immer wieder erfolgreich einzureden, dass man ja sooooo dick doch nicht sei.

Doch hier kommt Trost für alle, die sich für deutlich schlanker halten, als sie in Wirklichkeit vermutlich sind: Diese fehlerhafte Selbstwahrnehmung ist beileibe nicht nur uns Dicken vorbehalten, sondern trifft alle Alters- und Gewichtsklassen. Und gemessen an der Selbstüberschätzung anderer Mitmenschen ist das gedankliche Wegmogeln des ein oder anderen Kilos eine leidlich harmlose Nachlässigkeit, denn eins muss man doch definitiv feststellen: Auch wenn wir uns hin und wieder ein bisschen schlanker vorkommen als wir wirklich sind, keiner von uns käme auf die Idee, mit hundertdreißig Kilo Kampfgewicht an einem Modelwettbewerb teilzunehmen, in der Hoffnung, den ersten Platz zu belegen. Wir können also durchaus ein bisschen stolz darauf sein, dass unsere Selbsteinschätzung uns vor den gröbsten Peinlichkeiten bewahrt. Schaut man sich nämlich einmal die vielen Gesangsdesaster bei den einschlägigen Castingshows an, können wir uns ganz entspannt auf dem Sofa zurücklegen und die unzähligen Gesangs-Rohrkrepierer genießen – in Sachen Selbstüberschätzung sind wir definitiv nicht die Spitzenreiter.

Vermutlich ebenfalls in die Kategorie des Selbstbetrugs gehört auch meine allgemeine Schokoladen-Prozentsatzrechung. Ich habe mich früher immer so geärgert, dass ich eine Tafel Schokolade immer vollständig verputze, wenn ich sie im Kühlschrank entdeckt habe. Grundsätzlich habe ich es nie geschafft, eine einmal angebrochene Tafel nur zur Hälfte zu essen, nein, es wurden immer die vollen 100 Prozent vertilgt. Das hat mich natürlich frustriert. Sehr sogar. Und ich wusste, so kann es nicht weitergehen. Letzten Endes habe ich mich dann auch so sehr darüber geärgert, dass ich mein Verhalten grundlegend ändern musste. Und heute kann ich sagen: Ich habe es geschafft. Ich habe meinen Konsum rein rechnerisch um volle drei Viertel senken können. Inzwischen packe ich mir nämlich immer vier Tafeln in den Kühlschrank, denn so futtere ich mit einer vollen Tafel gerade mal schmale 25% weg. Natürlich könnte ich diesen Anteil durch entsprechend großzügig dimensionierte Vorratskäufe auch irgendwie unter die Drei-Prozent-Marke bringen, aber zu meiner Schande muss ich gestehen: Es gibt hin und wieder Tage, da lande ich am Ende doch wieder bei 100% Schokoladenquote … und das ist bereits bei vier Tafeln ein Desaster …

# Kapitel 16

## *Fridolin und Kröti: Schlank durch Haustiere*

»Schaff dir doch ’n Haustier an, dann nimmst du automatisch ab« – ein toller Ratschlag, oder? Dass aber Wellensittich Tweety in seinem Käfig, Huschel, das kleine Zwergkaninchen, oder Moritz, der fette Zimmerkater, zum Gewichtsverlust des Herrchens oder Frauchens führen sollen, ist eine steile These. Die Wahrheit ist dann leider auch: Das klappt nicht mit jedem Haustier.

Als ich neun war, hatte ich ein Meerschweinchen namens Fridolin, und, zugegeben: Ich war bei Weitem leichter und schlanker als jetzt. Also nicht nur absolut, sondern relativ, wenn ihr wisst, was ich meine. Das lag allerdings mitnichten daran, dass ich häufig ausgiebige, kalorienverbrennende Geländeausritte auf Fridolin unternommen habe, sondern schlicht an der Tatsache, dass ich bis dato erst ausgesprochen wenige Jahre der selbstbestimmten Nahrungsaufnahme vorweisen konnte. Mit anderen Worten: Ich verfügte in diesem zarten Alter schlicht noch nicht über genügend eigene finanzielle Mittel, um mir all die süßen Schokoversuchungen aus den Quengelregalen der Supermärkte legal zu beschaffen.

Aber zurück zur Haustierthematik: Es geht also um die

These, dass man durch den Einsatz eines Haustieres zwangsläufig zu mehr Bewegung kommt und somit weniger Zeit mit Essen, dafür aber umso mehr Zeit mit Spazierengehen verbringt. Am Beispiel meines possierlichen Nagers kann ich jedoch nachhaltig belegen, dass diese Theorie mit der korrekten Auswahl der Tiergattung steht und fällt … Im Klartext: Meerschweinchen sind als lebende Diätbegleiter oder gar als sportliche Sparringspartner gänzlich ungeeignet. Zwar war Fridolin recht niedlich anzusehen, und das gemeinsame Knuddeln im Garten ruft noch immer nostalgische Gefühle in mir wach, als Sparringspartner zur Gewichtsreduzierung war Fridolin allerdings eine totale Vollflöte. Wer schon mal versucht hat, mit einem rattengroßen Nager kalorienverbrennend rumzutollen, wird wissen, was ich meine: Die Biester haben einen erschreckend begrenzten Aktionsradius, und an gemeinsame Wanderungen oder körperaktive Spiele ist – außer Meerschweinchen-Weitwurf – nicht zu denken. (Und um dem vermutlichen Aufschrei aus den Kehlen Abermillionen von Tierschützern entgegenzuwirken: Das war natürlich ein Scherz! Selbstverständlich habe ich Fridolin niemals und in keiner Form irgendwie irgendwohin geworfen. Wäre auch völlig unsinnig: Die Biester haben einen echt miesen CW-Wert).

Aber zu der extremen Unsportlichkeit dieser felligen Kurzfüßler kam noch hinzu, dass unser erster gemeinsamer Sommer leider auch unser letzter gemeinsamer Sommer war. Tatsächlich empfinden Meerschweinchen bei einem ausgiebigen Spiel unter der prallen Sonne deutlich weniger Freude und Spaß, als es einem durchschnittlichen Neunjährigen so richtig bewusst ist. Unser stundenlanges Rumtollen auf der grünen Wiese unter der gleißenden Sommersonne quittierte Fridolin nämlich leider mit einem heftigen Hitzschlag und dem recht unvermittelten Ableben im grünen Gras unseres Vorgartens. Noch während ich ihn zu kleinen Sprüngen über selbstgebaute Miniaturhindernisse bewegen wollte, streckte Fridolin zuckend alle viere von sich und hauchte mit einem Puls von geschätzten 400 000 Schlägen pro Sekunde sein zartes Meerschweinchenleben aus. Im Nachhinein habe ich sogar erhebliche Zweifel, ob sein fröhliches Quieken während unserer ausgelassenen Rumtollerei tatsächlich so fröhlich war, wie ich es seinerzeit interpretiert hatte. Es müssen stattdessen die Vorboten des bevorstehenden Hitzekollapses gewesen sein – aber versuchen Sie das mal als neunjähriger Tierarzt korrekt zu diagnostizieren!

Leider brachte auch das sofortige Verbringen in das Tiefkühlfach unseres Kühlschranks nicht den gewünschten Erfolg. (Ja, Herrgott noch mal, ich war neun! NEUN!!! In dem Alter erschien mir das Tiefkühlfach als ein durchaus plausibler Abkühlungsort.) Gott sei Dank hatte ich seinerzeit kein Vereisungsspray zur Hand, wie man es aus der Bundesliga kennt – ich möchte mir gar nicht ausmalen, welch unschönes Ergebnis eine Dose Eisspray in der Hand eines verzweifelten Neunjährigen aus einem überhitzten Meerschweinchen gemacht hätte. Wie auch immer, am Ende vermochte auch die geballte Kühlkraft unseres Drei-Sterne-Gefrierfachs nicht, meinen geliebten kleinen Nager ins Hier und Jetzt zurückzuholen.

Er war tot … und schockgefroren. Und zwar in genau dieser Reihenfolge! Ich erwähne das nur deshalb noch einmal ausdrücklich, weil es seinerzeit nicht wirklich leicht für mich war, diesen zeitlichen Ablauf meinen Eltern glaubhaft zu vermitteln, und weil ich mich nur sehr ungern einem ausgewachsenen Shitstorm mit dem Hashtag *#beerhenkesEisschweinchen* ausgesetzt sehen möchte. Vertrauen Sie mir, wenn ich Ihnen sage, dass ein neunjähriger Lausbub mit der einen oder anderen tiefen Markierung im Streiche-Kerbholz in erhebliche Erklärungsnot kommt, wenn seine Mutter zum Abendbrot statt eines Butterpäckchens ein inmitten von Eiswürfeln tiefgefrorenes Meerschweinchen aus dem Kühlfach angelt. Das Schlimmste daran war nicht mal die finale Cryostasis meines Meerschweinchens im heimischen Kühlfach, auch nicht das Donnerwetter meiner Eltern, auch nicht der Schmerz über den verlorenen Spielkameraden … nein, was wirklich einen nachhaltigen negativen Effekt hatte, war die Tatsache, dass ich zu der Zeit zum ersten Mal meine Trauer und meinen Frust in Schokolade ertränkte. Fridolins Ableben in der gleißenden Sommersonne war also das Ur-Trauma meines von da an andauernden Missbrauchs von kalorienhaltigen Schokowaren. Somit war mein erstes Haustier also alles andere als hilfreich bei der Gewichtsreduzierung, sondern eher das Gegenteil: Die kleine Hamsterbacke ist Hauptschuldiger an meinem heutigen Übergewicht. Meerschweinchen haben also ganz und gar keinen positiven Effekt auf die Gewichtsentwicklung von Minderjährigen – zumindest nicht in Verbindung mit Sonnenglut und Gefrierfachkälte …

So. Damit dürfte ich das Kapitel schließen können, in dem ich nachhaltig bewiesen habe, dass Haustiere sich eben doch nicht zur Gewichtsreduzierung eignen, oder?

Wie, »Blödsinn!« Was soll das heißen? Reicht etwa mein kleiner seliger Fridolin nicht als Beweis?

Nun gut – ich habe noch ein vorzügliches Beispiel in petto! Und allen empfindsamen Seelen sei versichert: Bei meinem nun folgenden zweiten Beispiel kam kein Meerschweinchen oder irgendeine andere Kreatur auf Gottes weiter Erde ums Leben – Sie können also ganz beruhigt weiterlesen.

Irgendwann nach meinem – nun ja, nennen wir es mal: Meerschweinebuchtdebakel – bekam ein Nachbarsjunge eine kleine Schildkröte geschenkt. Damit war er innerhalb weniger Tage auf Platz 1 der »Kinder-Coolness-Skala«, denn damals waren derlei gepanzerte Exoten keinesfalls Standard, und bei uns »aufn Dorf« spielte der Steppke mit dem tiefenentspannten Panzerkriecher fortan in der Beliebtheitsklasse von James Bond oder Captain Kirk vom Raumschiff Enterprise.

Eigentlich völlig unverständlich, denn gegen so eine Schildkröte war sogar mein kleiner Fridolin ein Ausbund an spritziger Lebhaftigkeit. Schildkröten neigen dazu, den ganzen Tag langweilig in ihrem Terrarium zu hängen, und wenn man mal ein wenig Spieltrieb herauskitzeln will, verpissen sich die Biester in ihre Schildpattkugel und lassen den Rollladen runter. Rückblickend ist mir völlig schleierhaft, warum wir so einen ollen Stubenhocker auch nur halbwegs interessant gefunden haben. An der Stelle nicht unwichtig zu erwähnen, dass besagter Schildkrötenbesitzer namens Bernd damals gertenschlank war und definitiv keinerlei diätisches Haustier nötig hatte.

Wie auch immer, Kröti (ja, Kinder sind bei der Namensfindung ihrer Haustiere bisweilen erschreckend einfach gestrickt), Kröti hat jedenfalls nicht verhindern können, dass dieser spindeldürre Hungerhaken im Laufe der Jahre zu einem stattlichen Pfundskerl herangereift ist. Im Gegensatz zu seinem Herrchen (inzwischen »Blutdruck-Bernd!«) erfreut sich Kröti aber nach wie vor bester Gesundheit.

Auch die gemeinsamen Spielnachmittage in unserem Vorgarten hatte die kleine Panzerechse deutlich besser weggesteckt als mein kleiner Fridolin. Kröti war wohl durch seinen Rückenpanzer gegen die stechenden Sonnenstrahlen weitaus besser gewappnet als mein haariger Nager – darüber hinaus ernährt sich so eine Schildkröte auch ungemein gesund und knabbert im Laufe eines Tages eine stattliche Menge frischer Tomaten und Gurken in sich hinein. Es wäre vermutlich aber zu gewagt zu behaupten, dass mein Nachbar sich besser und gesünder ernährt hätte, wenn Kröti ihm nicht durch dieses wirklich unangenehm laute Schmatzen und die dazugehörigen unsäglich schlechten Tischmanieren den Appetit auf Tomaten, Gurken oder frischen Salat vergällt hätte. Wer schon mal einer Schildkröte beim Zerrmanschen, beim Zerfleddern, Verpampen und Herunterwürgen einer reifen Tomate zugucken musste, wird verstehen, was ich meine. Aber da Tischmanieren im Schildkrötenuniversum ganz offensichtlich nicht zu den »must haves« zählen, wird Kröti gute Chancen haben, sein eigenes Herrchen zu überleben. Denn Kröti fraß zwar unappetitlich, dafür aber ausgesprochen gesund! Und während der kleine Panzerträger stoisch bei gesunder Rohkost blieb, entwickelte sich sein Herrchen vom jugendlichen James Bond zum hundertprozentigen Computer-Nerd und bestand nach wenigen Jahren nur noch aus Pizza und Pommes. Für jeden derart kugelrund gefutterten Homo sapiens hat der Anblick einer offenbar alterungsresistenten, frische Tomaten mampfenden kleinen Drecksschildkröte etwas enorm Frustrierendes. Die Erkenntnis, dass diese total schnarchige und sehr, sehr langsame Spezies mit diesem wirklich kleinen Gehirn ganz offenbar dennoch in der Lage ist, sich deutlich intelligenter zu ernähren als die beherrschende Rasse des Planeten, empfinde auch ich ganz persönlich als einen Schlag ins Gesicht der gesamten Menschheit. Das wirklich Frustrierende daran ist ja auch das Eingeständnis, dass diese kleinen Panzerechsen mit diesem reduzierten Ernährungskonzept seit Millionen von Jahren wunderbar klarkommen, während unsere angeblich ach so intelligible Rasse zwar ganz ausgezeichnet gelernt hat, vornehm mit Messer und Gabel zu essen, mit diesen Esshilfen dann aber auch jeden Scheißdreck in sich reinstopft, den sie unters Besteck kriegt – und sich so innerhalb weniger Generationen zur Herzinfarkt Spezies *Number one* gemausert hat.

Der eigentliche Clou ist allerdings, dass wir inzwischen zwar durchaus begriffen haben, dass Tischmanieren uns zwar von anderen Gattungen auf Erden unterscheiden, aber nicht zwangsläufig zu längerer Lebenserwartung führen! Denn anstatt nun mit Messer und Gabel gepflegt nur noch ausgewiesen gesunde Nahrung zu verzehren, fingern wir uns via Handtaxi pausenlos Fleischlappen auf Labberbrot in die Ladeluke. Das ist so absurd, dass sich Kröti und seine Kollegen vermutlich nur deshalb so oft in ihre Panzerhäuser zurückziehen, um sich über uns Menschen schlappzulachen. Schaut man sich die durchschnittliche Lebenserwartung von Schildkröten an, kann man sich ausgesprochen gut vorstellen, um was es dann geht: »Iss nur, mein Freund, iss. In nur sechzig Jahren spuck ich auf dein Grab!« Langer Rede, kurzer Sinn: Eigentlich müssten wir uns vor Betreten eines Fastfood-Etablissements nur einfach fragen: Was würde Kröti tun? Was würde Kröti essen? Aber vermutlich hätte ich mir diese ganze Ausführung schenken können, denn natürlich denkt niemand bei Haustieren und Abnehmen an Kleinstnager, Panzertiere oder Wellensittiche – sondern an des Menschen besten Freund: den Hund!

Das ist mir natürlich klar. Logisch. Deshalb heißt das nächste Kapitel ja auch: Bello und Wauzi – schlank durch das RICHTIGE Haustier.

# Kapitel 17

## *Bello und Wauzi: Schlank durch das RICHTIGE Haustier*

Aha. Fit und schlank mit Hilfe eines bellenden Vierbeiners. So könnte es gehen, oder? Aber: Auch das klappt nicht mit jedem Wauwau. Wer zum Beispiel schon mal versucht hat, mit einem kleinen drolligen Mops an der Leine einen weltmeisterlichen Jogginglauf zu starten, wird sich bereits nach einigen hundert Metern umdrehen und feststellen, dass sich dort, wo die Leine endet, nur noch eine rote Schleifspur auf dem Asphalt befindet. Möpse sind nämlich für ausgiebige Langstreckenläufe ähnlich geeignet wie Kröti oder Fridolin – also gar nicht.

Ähnliches kann man wohl über ausgewachsene Dobermänner, Pyrenäen-Berghunde oder irische Wolfshunde sagen: Auch hier endet ein Spaziergang oft mit einer langen, schmerzvollen Schleifspur auf dem Asphalt, allerdings am anderen Ende der Leine, nämlich dort wo sich eigentlich Herrchen oder Frauchen befinden sollte. Diese Kälber im Hundefell haben einen derart durchzugsstarken Allpfotenantrieb, dass man schon außergewöhnlich übergewichtig sein muss, um so einer ziehenden und zerrenden Furie Paroli bieten zu können.

Tatsächlich bin ich der Meinung, dass jeder beim Kauf eines großen Hundes mindestens das Doppelte an Gewicht vorweisen

können muss. Das würde übergewichtigen Menschen endlich einmal das Gefühl geben, ihre überflüssigen Pfunde seien doch auch irgendwie zu etwas nutze! Chihuahuas oder Zwergspitze wiederum sind so winzig, dass es noch nicht einmal für einen nennenswerten Abrieb auf dem Untergrund reicht … Pfui, das war böse, sarkastisch und gemein – aber dafür auch völlig unrealistisch, denn Hunde dieser Größenordnung müssen eh nicht selber laufen, sondern sitzen entweder hübsch frisiert im lustigen Feuerwehr-Playmobilauto oder werden in sündhaft teuren Handtaschen von lustigerweise ebenso hübsch frisierten Herrchen oder Frauchen zu repräsentativen Zwecken durch die Gegend getragen.

Fakt ist jedenfalls: Hunde, die in einer Konservenbüchse ausschweifende Fiestas feiern können, eignen sich noch weniger als Kröti oder Fridolin zum Abnehmen. Was also hermuss, ist ein richtiger Hund. So einer mit langen Beinen, mindestens hüfthoch und mit viel Bewegungsdrang. Aber hilft so einer wirklich beim Abnehmen?

Bei einigen Hunden hat man eher das Gefühl, dass das Herrchen viel zu erfolgreich beim Zunehmen des Tieres geholfen und den gewünschten Effekt somit ins Gegenteil verwandelt hat. Ein lauffreudiges Haustier ist alles andere als eine Lizenz zum Abnehmen, aber – so viel sei zugestanden – ausgiebige Spaziergänge mit Bello bergen zumindest ein gewisses Bewegungspotenzial.

*Mein Praxistipp Nr. 10:*
*Tun Sie sich selbst und dem Tier einen Gefallen: Schaffen Sie es sich nur an, wenn Sie wirklich zu der festen Überzeugung gekommen sind, dass Sie es dank des Tieres schaffen werden, sich mehr zu bewegen. Nicht, dass das Tier in einigen Monaten ebenso miese Blutwerte hat wie Sie – das wäre wirklich nicht fair. Für mich heißt es nun, irgendwo einen gebrauchten Elefanten aufzutreiben, denn das wäre endlich mal ein Tierchen, das in Sachen Stabilität und Robustheit auch mit meinem schweren Knochenbau gut zurechtkäme. Dumbo und ich könnten dann nach Herzenslust durch die Wälder rumpeln und den ein oder anderen nervigen Kläffer effektvoll in die Flucht tröten.*

# Kapitel 18

## *Die Schuldfrage – Warum bin ich eigentlich zu dick?*

Bin ich zu dick? Oder sind die anderen einfach zu schlank?

Nein, keine Sorge, meine Blutwerte lassen eine derartige philosophische Betrachtung, die mein Übergewicht ad absurdum führt, nicht zu. Ich bin mir voll und ganz darüber im Klaren, dass »zu dick« nicht einfach nur das Gegenteil von »nicht schlank genug« ist.

Aber warum bin ich eigentlich zu dick?

Diese Frage lässt sich nicht ganz so leicht beantworten. Verstehen Sie mich nicht falsch, ich will eine Mitschuld meinerseits gar nicht leugnen, aber die Aussage, dass ausschließlich ich für meine Plauze verantwortlich bin, die kann ich so nicht unterschreiben. Denn mit Verlaub gesagt: Manchmal frage ich mich, ob sich die Welt um mich herum einzig und allein zum Ziel gesetzt hat, mich zu verdicken.

Mal ein Beispiel: In unserer Kultur machen wir ja gerne allerlei Drogen verantwortlich für Tod und Elend – und gehen dementsprechend restriktiv dagegen vor. Übergewicht mit all seinen Nebeneffekten kostet jedoch jährlich ein Vielfaches an Menschenleben – und dennoch: Harte Drogen sind – in der Regel – schwer zu beschaffen, den Schokoriegel gibt's aber an jeder gutsortierten Tanke. Ich weiß das, weil ich es irgendwann in meiner Jugend auch mal verlockend fand, einmal einen halluzinogenen Rausch auszuprobieren und ich mich mit dieser – zugegeben wenig brillanten – Idee seinerzeit auf den Weg machte, entsprechende berauschende Stoffe aufzutreiben. Als ausgewiesenes Landei gab es dabei allerdings bereits bei der Beschaffungsplanung nicht zu unterschätzende Schwierigkeiten. Aus Filmen war mir natürlich bekannt, dass der Bahnhofsbereich einer Stadt immer die erste Adresse ist, wenn es um Drogen geht – doch das stimmt nur sehr bedingt, wenn der Bahnhof »Steinheim Westfalen« heißt. Rund um die zwei Gleise meiner Jugendstadt erwies es sich als recht schwer, einen potenziellen Dealer anzusprechen, einfach schon durch die Tatsache bedingt, dass es generell sehr schwer war, am Steinheimer Bahnhof überhaupt jemanden zu finden, den man hätte ansprechen können. In Steinheim war man ja schon froh, wenn von den gefühlten sieben durchfahrenden Zügen pro Tag wenigstens zwei davon auch anhielten, aus denen dann hin und wieder verstreute Rentner entstiegen, von denen allerdings keiner so richtig in meine Vorstellung eines verruchten Dealers zu passen schien. Eher im Gegenteil: Ich bin mir sicher, dass die Frage nach ein bisschen Crack oder LSD zum sofortigen Exitus durch Herzinfarkt bei den Angesprochenen geführt hätte.

Als Alternative ergab sich also nur die zweite, mir aus Filmen bekannte Art und Weise an berauschende Stoffe zu kommen: Warten, bis man von einer zwielichtigen Gestalt angesprochen wird, die einem dann umgehend die ganze Bandbreite der bewusstseinsverändernden Mittel kredenzen würde. Diese Vorgehensweise hatte jedoch ebenfalls einen entscheidenden Haken: In Steinheim auf dieses Ereignis zu warten hieße nämlich, sich auf eine sehr lange Zeit des Wartens einzustellen.

Auf eine wirklich ausgesprochen lange Zeit sogar, denn, bildlich gesprochen, wären an mir noch etliche trockene Büsche vorbeigerollt, bis ich irgendwann einmal etwas Drogenähnliches erhalten hätte. Tatsächlich glaube ich, dass ich nach einigen Jahren vergeblichen Herumlungerns irgendwann aus Mitleid von vorbeifahrenden Reisenden mit allerlei Almosen bedacht worden wäre, und mit ein bisschen Glück wäre vielleicht auch ein angerauchter Joint eines durchreisenden Kiffers dabei gewesen, der auf seinem Weg in die große weite Welt per Zufall durch Steinheim gekommen wäre. Dass ich so lange nicht warten wollte, dürfte nachvollziehbar sein, und so endete meine jugendliche Drogenkarriere bereits, bevor sie begonnen hatte. Aber was lernen wir daraus? Der Zugang zu Drogen ist vollkommen zu Recht erschwert. Alkohol gibt's nur gegen Vorlage eines Personalausweises, und Zigaretten liegen an den Kassen der Supermärkte hinter Edelstahlrolltoren oder sind gesichert wie die Goldreserven in Fort Knox.

Ganz anders sieht es bei allem aus, was dick macht: Süßigkeiten sind verfügbar, immer und überall, und das für wirklich jeden, unabhängig von Alter, Geschlecht und Gewicht. Sie sind aber nicht nur verfügbar, sie werden uns Dicken förmlich aufgedrängt. Die liebe Oma, die dem Enkel einen Schokohasen mitbringt, ist auch morgen noch die liebe Oma … Mich würde interessieren, ob dem auch so wäre, wenn Großmuttern dem Sechsjährigen mal eine ordentliche Portion Shit mitbringen würde und ihm zu Weihnachten zeigt, wie man sich daraus tolle Joints bastelt.

Undenkbar, natürlich.

Und gerade in Bezug auf Zigaretten hat die industrialisierte Welt in den letzten Jahrzehnten eine erstaunliche Wende hinbekommen. Während Rauchen in den 80er- und 90er-Jahren noch hip und cool war, ist es heute selbst auf öffentlichen Plätzen kaum noch möglich, eine Zigarette zu erstehen oder gar zu konsumieren, ohne den Blick schamvoll nach unten gesenkt zu halten. Das Gemeine ist nur: Der Rückzug der Zigarette aus den öffentlichen Bereichen wurde durch den Einzug der Kalorienbomben erkauft. Bin ich der Einzige, dem die Absurditäten dieser neuzeitlichen Dogmen auffallen? Bei Schokolade gibt es weder Hemmungen bei der Werbung noch beim Konsum, Kinderschokolade ist geradezu sprichwörtlich in aller Munde – warum gibt's eigentlich keine Kinderkippe oder einen Kinderjoint? Von Kinderschnaps und Kindercrack gar nicht zu reden.

»Kindercrack – mit dem Besten aus vierzig Gramm reinem Amphetamin …«

Aha. Und jetzt sind Sie schockiert, weil das einfach unvorstellbar wäre? Und natürlich nicht logisch, richtig? Doch gerade die Logik ist beim Thema Genussmittel längst mit wehenden Fahnen von dannen galoppiert. Am Bahnhof stehen Raucher inzwischen in speziellen Raucherzonen, die nur dadurch gekennzeichnet sind, dass man Linien auf den Boden gemalt hat und diese Quadrate damit zu Raucherzonen ausweist. LINIEN AUF DEM BODEN! Erscheint Ihnen das wirklich noch logisch?

Es mag ja sein, dass der gemeine Raucher sich netterweise an derlei »Glimmstängeleinfriedung« halten mag, ich verspreche Ihnen aber, dass der Zigarettenrauch deutlich weniger Skrupel hat, diese Bodenbemalungen zu ignorieren, und unter Garantie sehr selbstbewusst über diese hinwegwabern wird. Auch im Kino ist das Qualmen heute undenkbar, sprich, Zigaretten werden dort weder verkauft noch geduldet. Die Popcorn-Portionen dagegen lassen inzwischen jeden Wassereimer wie einen Fingerhut aussehen, und der 1,5 Liter Colabecher wird unter dem Label MEDIUM verkauft. Will man ein Getränk unterhalb der Ein-Liter-Marke erwerben, muss man tatsächlich den Kinderbecher ordern … mit dann nur noch 0,75 Liter Zuckerwasser-Inhalt – komisch findet das offenbar niemand. Und das alles in Zeiten, in denen längst klar geworden ist, dass Übergewicht und die daraus resultierenden Herzkreislauferkrankungen längst zum größten Lebenskiller in den Industrienationen geworden sind. Die industrielle Lebensmittelindustrie im harmonischen Einklang mit der Werbeindustrie sind aus meiner Sicht exakt das, was die Tabakkonzerne vor einigen Jahrzehnten waren – vollkommen skrupellos und maximal gewinnorientiert, ohne auch nur einen Hauch eines Interesse an der Gesundheit ihrer Konsumenten.

Wenn man sieht, wie schwer es für die Gesetzgeber inzwischen ist, Regulatorien oder Einschränkungen gegen die gigantischen Lobbyisten der Lebensmittelhersteller durchzubringen, fällt es immer schwerer, die Schuld fürs eigene Übergewicht ausschließlich bei sich selbst zu suchen. Es grenzt ja fast schon an ein Wunder, dass die Inhaltsstoffe auf den Packungen angegeben werden müssen, natürlich so winzig und klein, dass man die Verpackung erst einmal akribisch absuchen muss. Wir tun uns also schwer mit der öffentlichen Wahrnehmung, so viel steht fest.

Am Gesundheitsargument kann es schwerlich liegen, weiß man doch über die gesundheitlichen Gefahren mindestens ebenso gut Bescheid wie einst beim Zigarettenrauch. Am meisten aber ärgert es mich, wenn mir ein Raucher wortgewaltig erläutert, wie schwierig es doch sei, mit dem Rauchen aufzuhören …

HA! Dass ich nicht lache.

Wer bei Wind und Wetter zum Rauchen auf die Straße geht, den gemütlichen Biertisch oder mitten im Film das Kino verlassen muss, der kann doch nun wirklich nicht behaupten, sein Laster werde ihm noch leicht gemacht. Denn während der Raucher im Schneesturm mit verfrorenen Fingern vor der Kinotür an seiner Kippe saugt, schaufelt der Kalorienabhängige seine zweieinhalb Kubikmeter Popcorn im gemütlichen lauschigen Kinosessel bei 3D-Animationen und Dolby-Digital-Sound in sich hinein und muss dabei den drei Liter Supersize-Softdrink dank mitgeliefertem Kingsize-Strohhalm noch nicht einmal mehr vom Boden anheben. Dasselbe gilt auch für die Werbung: Der Marlboro Mann ist längst in die ewigen Jagdgründe eingegangen, kein Raucher ist mehr auf den Leinwänden und Fernsehbildschirmen zu sehen – aber wenn der perfekte Werbepapa mit dem perfekten Werbesohn rumkaspert, gibt's zur Belohnung erst mal ein Schokobonbon – und die Bilderbuchmami schaut glücklich in die Kamera, denn interessanterweise sind grundsätzlich alle fröhlichen und in jeder Hinsicht unbeschwerten Schokoladennascher im Bild gertenschlank und idealfiguriert. Heute lachen wir über hundert Jahre alte Zeitungswerbung, in der Kokain als »beschwingt machendes Genussmittel« angepriesen wurde, ich bin gespannt, wie wir in hundert Jahren über die heutige Schokoladenwerbung denken. Wir sind inzwischen so umfassend manipuliert worden, dass uns gar nicht mehr auffällt, dass die herrlich leichte Yogurette deutlich mehr Kalorien beinhaltet als die danebenliegende vermeintlich »schwerere« Nuss-Nougat-Schokolade. Vergleichen Sie mal selbst, Sie werden sich wundern, welche Produkte so gänzlich anders sind, als es ihr Image eigentlich glauben machen soll.

Dass Zucker auf unseren Körper eine ähnliche suchtfördernde Wirkung hat wie harte Drogen ist keine Fantasie frustrierter Übergewichtiger, sondern eine in wissenschaftlichen Studien mehrfach belegte Tatsache. Zucker sorgt für die Ausschüttung von Dopamin und Opioiden, den gleichen Botenstoffen, welche der Körper bei Drogenkonsum in erhöhter Mengen ausstößt. Und das Gehirn entwickelt eine ebensolche Sucht nach diesen Opioiden wie bei Heroin oder Morphin. Ich bin ein Schokojunkie ersten Grades und schon unzählige Male am kalten Entzug gescheitert. Und »einfach mal so« ein Stück Schokolade NICHT zu essen ist für mich mindestens genauso schwer wie für einen Raucher, einfach mal so eine Zigarette nicht zu rauchen. Mit dem Unterschied, dass Rauchen inzwischen im allgemeinen Bewusstsein als sehr schädlich gilt und unsere Gesellschaft dank dieser öffentlichen Ächtung einen immer größer werdenden Druck erzeugt.

Kurz und gut: Es ist viel leichter, mit dem Rauchen aufzuhören, als auf eine süße Belohnung zu verzichten. Im ersten Fall gewinnen wir genau das Maß an Komfort und Bequemlichkeit, das wir im zweiten Fall verlieren. Würde unsere Gesellschaft sich bezüglich Schokolade und Chips so am Riemen reißen wie bei Zigaretten, gäbe es nicht nur Gitterkäfige für Tabakwaren, sondern auch Wiegestationen an den Supermarktkassen, und Kunden, die eine BMI-Abweichung von mehr als zehn Prozent haben, müssten beim Kauf eines Schokoriegels einen Haftungsausschluss für Folgeschäden unterschreiben. Auf Keksdosen müssten Warnhinweise stehen, dass dieses Gebäck die Gesundheit gefährdet, oder es würden eklige Bilder von Fettlebern und Schwabbelbäuchen aufgedruckt sein. Cafés, in denen Kuchen mit Sahne ausgegeben wird, müssten spezielle Räume für Hochkalorisches bereitstellen … Oder sie würden verpflichtet, als »Kuchenclubs« zu firmieren, zu denen Minderjährige erst gar keinen Zugang hätten. Sahne gäbe es nur noch auf dem Schwarzmarkt – oder am Bahnhof bei zwielichtigen Fettdealern. Wer mit mehr als einem Päckchen Butter oder achtzig Gramm Käse mit mehr als fünfundreißig Prozent Fettanteil über die holländische Grenze einreist, muss mit empfindlichen Geldstrafen und Punkten in der Flensburger Fettsünderkartei rechnen. Chipstüten dürften statt der aktuell üblichen hundertfünfundsiebzig Gramm geballter Verführung nur noch vier Gramm für den Eigenverbrauch enthalten, und Schokoriegel würden hinter den Rollgittern neben den Zigaretten an der Kasse gelagert.

Aber nichts von alledem ist Realität. Dick sein ist doof und ungesund, aber unsere Gesellschaft fördert diesen Zustand, wo sie nur kann. Ungesundes Essen und Fastfood-Tempel an jeder Straßenecke, Schokolade zu jeder Zeit und überall in Griffreichweite – und keine Änderung in Sicht, es gilt das Motto: »Last man standing«.

Dicker, du bist auf dich allein gestellt. Der Kampf gegen die Pfunde ist ein einsamer Kampf – nicht nur gegen sich selbst, sondern auch gegen ein System, das sich zum Ziel gesetzt hat, ein Maximum an Kalorien unters Volk zu bringen.

Eine »David gegen Goliath«-Inszenierung erster Güte also, mit dem Unterschied, dass dem dicken kleinen David auch noch seine Steinschleuder weggenommen und ihm stattdessen ein Schokoriegel in die Hand gedrückt wird. Einen Tusch also auf dieses Meisterwerk der Unlogik, für dieses Lehrstück an Verlogenheit!

Es wird Zeit, uns klarzumachen, dass wir uns in einem System befinden, das eine ungesunde Ernährung nach allen Regeln der Kunst unterstützt, und unser heroischer Kampf gegen uns selbst in jeder nur erdenklichen Weise umfassend und ausgesprochen professionell torpediert wird.

Für billigen Zucker zahlen wir einen hohen Preis, und es kann nur noch eine Frage der Zeit sein, bis uns allen endlich klar wird und wir aufhören, uns von Kindesbeinen an mit dieser Droge vollzustopfen.

*Mein Praxistipp Nr. 11:*
*Eigentlich ist alles ganz einfach – man muss die vielen bunten Werbelügen nur richtig lesen:*

*Das »Beste« aus der Milch zum Beispiel ist unter kalorischen Gesichtspunkten schlicht und ergreifend das »Schlechteste« für Ihre Gesundheit. Viele »gesunde« Zutaten sind in erster Linie nur so lange wirklich gesund, solange sie nicht Verwendung im Schokopudding oder in den Kartoffelflips finden. Und wer tatsächlich glaubt, sich mit dem Verzehr einer Tüte Fruchtgummi oder Kaubonbons vitaminreich zu ernähren, ist bereits Opfer der Marketingstrategen geworden, noch bevor der Verdauungstrakt auch nur in die Nähe eines einzigen Vitamins gekommen ist. Unsere Lebensmittelindustrie will uns nicht gesund ernähren, sondern ihren Profit maximieren. Dass die Werbeindustrie uns Konsumenten in diesem gigantischen Ausmaß weiterhin an der Nase herumführen darf, ist nicht weniger als ein echter Skandal.*

# Kapitel 19

## *Dick abgezockt*

So ambivalent es zunächst auch aussehen mag, wie wir in unserer Gesellschaft mit dem Thema Übergewicht umgehen, so klar wird es, wenn wir uns einmal die Interessen der Industrie anschauen, denn dann wird deutlich, welchen Multimilliardenmarkt wir Dicken inzwischen bedeuten.

Besonders hübsch anzuschauen sind die vielen bunten Plätzchenbackrezeptideen in Zeitschriften kurz vor Weihnachten – nur um direkt nach dem Fest dann Platz zu machen für die immer gleichen, wohlklingenden Diäten. Meiner Meinung nach liegt das alles einzig und allein an der Tatsache, dass Fett einen so geringen Nutzwert am Körper besitzt, und es wäre doch wünschenswert, wenn dem Übergewicht irgendwie einmal eine neue Funktion zukommen könnte. Leider gibt es bis heute keine öffentlichen Aufrufe zum Fettspenden, was wirklich sehr ärgerlich ist, denn wenn Fettgewebe so gut zu transferieren wäre wie Blut, dann gäbe es vermutlich kilometerlange Schlangen vor den Rote-Kreuz-Zentren, es gäbe Fettspende-Partys und Kiloverlust-Events in allen Industrieländern. Vollends traumhaft wäre es dann noch, wenn das tonnenweise abgesaugte Wohlstandsfett kostenlos an Bedürftige dieser Welt verteilt werden könnte. Jedenfalls will das Rote Kreuz blöderweise immer nur mein Blut und nicht das umgebende Speichergewebe, was wirklich sehr ärgerlich ist, denn meine Kapazitäten an Körperfett übersteigen meine bordeigenen Blutreserven um ein Vielfaches.

# Kapitel 20

## *Eine besonders schwere Rolle?*

2009, bei den Dreharbeiten zur Pro-Sieben-Märchenstunde, in der ich den Kalifen von Bagdad verkörperte, gab es im Drehbuch eine Szene, in der der Kalif hoch zu Ross dem bösen Schurken hinterherreitet, um seine Prinzessin zu befreien. Es verstand sich von selbst, dass ich gewillt war, auch diese Szene höchstselbst zu spielen – allerdings hatte ich insgeheim Zweifel, ob am Drehort ein ausreichend kräftiges Ross aufgetrieben werden könne, damit sich angesichts meines stattlichen Gewichts die heroische Verfolgung hoch zu Pferde nicht in eine brutale Tierquälernummer verwandeln würde. Um alle Pferdenarren zu trösten: DIESE Befürchtung erwies sich als völlig unbegründet, so viel sei schon mal verraten. Am Tag der Dreharbeiten kam also ein stolzer Pferdehalter mit einem beeindruckenden Araberhengst an der Leine zum Set – genauer gesagt, es kam der beeindruckende Araberhengst mit seinem Pferdehalter an der Leine zum Set, und das, was ich zunächst als Stolz in den Augen des Besitzers interpretiert hatte, erwies sich im Nachhinein als ein gerüttelt Maß nackter Angst. Doch das hatte ich leider zu diesem Zeitpunkt schlicht noch nicht richtig verstanden.

Bis zu den eigentlichen Aufnahmen war noch reichlich Zeit, und so beschloss ich, mich bereits im Vorfeld mit dem Tier ein wenig vertraut zu machen, damit wir beide dann beim Dreh bereits so richtig dicke Kumpel sein würden. Noch konnte ich nicht ahnen, dass das Pferd vollkommen andere Pläne hatte, aber die Freundschaft mit einem Zweibeiner stand definitiv nicht auf der tierischen Tagesordnung. Nun muss ich vorausschicken, dass ich eigentlich ein geübter Reiter bin, was ich im Wesentlichen meiner Schwester zu verdanken habe, denn die war – wie vermutlich neunundneunzig Prozent aller Mädels – in ihrer Jugend nicht nur völlig in Pferde vernarrt, sondern konnte darüber hinaus bereits recht früh eines dieser Tiere ihr Eigen nennen. »Black Beauty« – auf diesen wirklich unglaublich ausgefallenen Namen hörte unser Zossen. Ich gebe zu, dass mir außer Fury eigentlich kein anderer Name mehr einfallen würde, der weiter weg von der Definition »originell« sein könnte, aber zu unserer Entschuldigung sei gesagt: Black Beauty hatte diesen Namen bereits, bevor er Teil unserer Familie wurde.

Bei unserem neuen Familienmitglied handelte es sich um einen stattlichen Wallach aus dem ehemaligen Polizeidienst, und dadurch war Black Beauty tatsächlich ein bemerkenswert tiefenentspanntes Pferd. Aufgrund seiner Karriere »im öffentlichen Dienst« war er eigentlich durch nichts aus der Ruhe zu bringen, er war demonstrations- und krawallerprobt und somit als Übungstier schlicht unübertroffen. Mit Black Beauty konnte man wirklich alle nur denkbaren Kaspereien anstellen: voltigieren, rücklings reiten, Indianer spielen (Ihr wisst schon, dieses An-der-Seite-Hängen, damit einen die Cowboys nicht vom Pferd schießen!), toter Mann spielen (also bäuchlings quer auf dem Rücken – idealer Kotzbeschleuniger!) und über den dicken Hintern (vom PFERD!) herunterrutschen – Black Beauty war lammfromm, und so habe selbst ich wunderbar das Reiten auf ihm erlernen können. Unser tierisches Familienmitglied hatte sogar so etwas wie eine eingebaute Nothalte-Funktion: Wenn man herunterfiel, hielt er umgehend an, um den am Boden liegenden Menschen nicht zu verletzen. Ich gestehe, dass ich seinerzeit zwar viel lieber ein sprechendes Auto wie K.I.T.T. aus »Night Rider« oder zumindest so 'ne tolle Kiste wie den Superkäfer »Herbie« hätte haben wollen, aber der Zufall spielte uns nun einmal keinen Superwagen in die Garage, sondern einen Wallach auf die Wiese, ergo lernte ich reiten statt Rennen zu fahren.

Von dieser in jungen Jahren also ausführlich erworbenen Fähigkeit wollte ich also nun profitieren und der Produktionsfirma die Kosten für ein Reitdouble ersparen – im Nachhinein trifft die Definition »am falschen Ende gespart« dann wohl aber eher zu … Der Pferdebesitzer übergab mir das Pferd mit irrem Blick und den wohlwollenden Worten: »It is very strong in the head … once it is going, it is difficult to stop.«

Nun könnte man »strong in the head« mit ein wenig dickköpfig übersetzen, zutreffender wäre allerdings: absolut unbeherrschbar – aber das wusste ich zu diesem Zeitpunkt leider noch nicht. Noch war ich guter Dinge, dass mich meine umfassenden Reitkenntnisse auch diesen starrköpfigen türkischen Fury unter Kontrolle bringen lassen würden. Natürlich war mir klar, dass ich auf die wunderbare Nothalt-Funktion vom guten alten Black Beauty notgedrungen würde verzichten müssen, aber ich hatte derlei Luxusausstattung bei einem ausländischen Pferdefabrikat ohnehin nicht ernsthaft erwartet. Mit einem siegessicheren, aber bereits erste Zweifel zeigenden Lachen und der nachgerade kecken Antwort »That is O. K., I am strong in my legs« erklomm ich also den Araberhengst, wobei mir der Pferdehalter beim Aufstieg noch behilflich war, bevor er mich dann vertrauensvoll in die Hände Allahs übergab.

Wenn Pferde Rückspiegel hätten, hätte ich vielleicht einen flehenden Blick in Richtung Himmel erhaschen können, oder zumindest seine leichenblasse Gesichtsfarbe, was für einen türkischstämmigen Menschen schon einen beachtlichen Farbwechsel bedeutete. Pferde haben aber leider keine Rückspiegel, sodass mir alle vermeintlich warnenden Details leider entgingen, und schon tänzelte das türkische Ein-PS-Gerät mit mir Richtung Camp-Ausgang.

Natürlich bemerkte ich bereits nach wenigen Sekunden, dass das Übersetzungsverhältnis zwischen Getriebe und Motor bei dieser *Power Machine* ganz offensichtlich auf pure Beschleunigung ausgelegt zu sein schien, aber – der Himmel weiß warum – ich war nach wie vor war der Meinung, dass wir beide schon nach kürzester Zeit ein tolles Team sein würden. Mein Plan sah vor, dass der Araber und ich bis zum Drehbeginn vom schnöden »Ross-und-Reiter«-Modell zu einer geschmeidigen Einheit aus Kraft und Kontrolle werden würden, zu einer beeindruckenden Allianz aus Mut und Geschicklichkeit. Derart aufeinander abgestimmt würden wir die Verfolgungsszene mit Bravour meistern, so der Plan, das war mein Ziel. Ja, das war MEIN Ziel. Aber nur meins. Pferdis Ziel unterschied sich ganz grundlegend von meinem. Pferdi hatte nur ein Ziel! Das Durchbrechen der Schallmauer! Mit oder ohne Reiter!

Kraft kam in Pferdis Definition unter Garantie auch vor, allerdings nicht in Verbindung mit Kontrolle. Zunächst lief es eigentlich recht gut, und es gelang mir, den tänzelnden Zorro unter mir halbwegs zu bändigen, und als ich mich dann ein wenig vom Set entfernt hatte, beschloss ich, dem Pferd ein wenig mehr freien Lauf zu geben, um es müde zu galoppieren. Ein kurzes Lockern der Zügel reichte diesem Satansbraten dann auch aus, um mit Mach 4 loszusprinten und nach einer kurzen, aber absolut brachialen Beschleunigungsphase in einem komplett aberwitzigen Tempo dem Horizont entgegenzufliegen. Noch während ich überlegte, ob es schon jemand vor mir geschafft hat dem Sonnenuntergang nicht nur entgegenzureiten, sondern ihn quasi auch zu überholen, musste ich mein Gedankenspiel unterbrechen, um mich voll und ganz auf meine aktuelle Lage zu konzentrieren. Zwar war ich ob der unglaublichen Beschleunigungskraft dieses tierischen Torpedos durchaus überrascht, doch ich sah zunächst noch keinen Anlass zur Sorge: Mit einem so schweren Brocken wie mir auf dem Sattel würde es nicht allzu lange dauern, bis der Zossen erschöpft die Segel streichen würde.

Da stand ich nun also in den Steigbügeln, unter mir die wehende Mähne dieser beeindruckenden Rennmaschine, und preschte mit gefühlten 200 km/h durch die Stranddünen irgendwo in der Türkei, und ich müsste lügen, wenn ich nicht zugeben würde: Ja, es hat viel Spaß gemacht. Wahnsinnig viel Spaß. Es kribbelte im Bauch, es war aufregend und spannend, zumal ich nicht wirklich Angst hatte, denn ich war mir sicher, dass ich den Zossen im Griff hatte. Sogar das Steuern gelang mir im Ansatz recht gut, und ich schaffte es durch großzügige Schleifen, mich nicht immer weiter vom Set zu entfernen. Der feurige Hengst lenkte sich schwerfällig wie die Titanic, aber, immerhin: Er lenkte sich – gut, einem plötzlich auftauchenden Eisberg hätte ich vermutlich auch nicht mehr ausweichen können, aber DIESE Gefahr schätzte ich ja auch eher als sehr gering ein.

Nun war mir zwar das Anhalten oder auch nur das bloße Verlangsamen dieser Furie absolut unmöglich, doch meinen hundertdreißig Kilo Lebendgewicht würden die Akkus des Tieres irgendwann Tribut zollen müssen – das hier kann ich länger als das Pferd, dessen war ich mir ganz sicher. Bis zu dem Zeitpunkt, an dem der linke Steigbügel riss – damit würden sich die Kräfteverhältnisse schlagartig verändern, so viel war mir sofort klar. Das kann ich nicht länger als Fury, nein, das kann Fury definitiv länger als ich, da gab es nichts mehr zu beschönigen.

Nur durch bloße Beinklammerkraft und panikartiges Festhalten an der Mähne gelang es mir, nicht umgehend vom rasenden Pferd zu fallen, und es wurde mir blitzartig bewusst, dass es nun ICH sein würde, dem der Akku deutlich früher ausgehen würde – und fast schien es mir, dass auch das Pferd zu spüren schien, das sich unser vormals fein austariertes Machtgefüge deutlich zu seinen Gunsten verschoben hatte. Unsere kleine persönliche Fehde war damit in eine neue, äußerst instabile Phase eingetreten. Das bis dahin vorherrschende Gleichgewicht der Mächte, *the balance of power*, war ruiniert worden durch einen simplen gerissenen Steigbügel. Fury hatte quasi aufgerüstet und warf nun alles in die Schlacht, was er zu bieten hatte, und auch wenn ich es nicht für möglich gehalten hatte, legte dieser Teufelsbraten noch ein oder zwei Briketts drauf und schien tatsächlich noch ein bisschen mehr zu beschleunigen.

Wie in einem Zeittunnel rauschte die Landschaft an mir vorbei, und ich war mir nicht sicher, ob das vor mir noch der Sonnenuntergang oder nicht doch schon wieder der Sonnenaufgang war – ein Schild Sydney – 2 km hätte mich vermutlich nicht wirklich verwundert … Schlagartig war allerdings auch der ganze Spaß weg, und aus dem Kribbeln im Bauch war eine fiese Übelkeit geworden, gepaart mit der äußerst unguten Befürchtung, in wenigen Momenten an diesem verdammten türkischen Strand, zwei Kilometer vor Sydney, in die ewigen Jagdgründe eingehen zu müssen … Ich hing wie ein Schluck Wasser auf dieser stampfenden, tobenden Muskelmasse, der Boden rauschte in einem so aberwitzigen Tempo unter mir vorbei, dass ich an einen Absprung noch nicht einmal denken mochte, und doch wusste ich, dass dies die vermutlich einzige Möglichkeit war, diesen Ritt wenigstens halbwegs kontrolliert zu beenden – lieber einen gewollten Absprung auf eine Stelle meiner Wahl, als in wenigen Sekunden völlig willkürlich gegen einen Felsen gekegelt zu werden. Wenn ich es also schaffen würde, mich irgendwie abzurollen, rechnete ich mir zumindest noch eine winzige Überlebenschance aus, und es war allemal besser, als früher oder später in der Erdatmosphäre zu verglühen. Ich preschte also auf eine Hecke zu und nahm mir vor, direkt vor der Hecke abzuspringen, nämlich genau in dem Moment, in dem dieser Satansbraten zum Sprung ansetzen würde. Und während ich also noch überlegte, wie man sich bei Tempo zweihundertachtzig und den damit verbundenen geschätzten 9000 Umdrehungen pro Minute wohl am besten abrollen könnte, ohne dabei allein durch die blanke Rotation in tausend Stücke gerissen zu werden, beschloss das vormals unbändige Tierchen von jetzt auf gleich, dass er für heute genug gerannt war – und blieb stehen.

Nicht dass ihr mich jetzt falsch versteht: Er wurde nicht irgendwie langsamer und kam dann nach und nach zum Stehen, nein, er machte eine Vollbremsung und STAND urplötzlich am Strand wie FESTGETACKERT. Wer nun in Physik gut aufgepasst hat, weiß, dass zwei nicht fest miteinander verbundene Körper (A und B), die sich mit einer konstanten Geschwindigkeit (G) durch den Raum bewegen, nicht zwangsläufig beide zum Stehen kommen, wenn der angetriebene Körper (A) den Vortrieb schlagartig auf null reduziert. Vielmehr bedeutet es, dass Körper (B) sich auch weiterhin mit der gleichen Geschwindigkeit durch den Raum bewegt wie zuvor beide Körper zusammen.

In der konkreten Situation hieß das für mich: Während mein vitaler Vierbeiner einfach so mal eben den Vortrieb einstellte, zischte ich folgerichtig mit Lichtgeschwindigkeit zielstrebig Richtung Hecke los, abgefeuert wie eine frisch justierte Mittelstreckenrakete, um genau dort auch ebenso fulminant einzuschlagen. An die Flugphase kann ich mich nicht mehr erinnern, was vermutlich an den 80g (80-fache Erdbeschleunigung) lag, der ich nach dem Abfeuern ausgesetzt war, aber an den Aufschlag erinnere ich mich noch, als ob es gestern war. Er war schmerzhaft, worüber ich mich paradoxerweise aber wie ein Wahnsinniger freute, denn ich wusste: Nur wer noch lebt, kann solche Schmerzen entsprechend würdigen. Da steckte ich nun, frisch in die Hecke eingedübelt, ein paar Kratzer am Körper, aber wie durch ein Wunder ansonsten unversehrt.

Wow … Was für ein Ritt … welche Naturgewalt.

Augen und Nüstern weit aufgerissen, weißer Schwitzschaum auf dem gesamten bebenden Körper, das Herz rasend, das Blut spürbar pulsierend … und auch das Scheiß-Pferd war ein bisschen erschöpft! Ich mag mich irren, aber irgendwie meine ich mich erinnern zu können, dass der Zossen etwas Triumphales im Blick hatte, etwas, was mir deutlich sagte, dass ich den Rückweg zum Drehort besser NEBEN dem Tier wählen sollte anstatt darauf. Und so trat ich den Heimweg zum Camp zu Fuß an, sammelte unterwegs den Steigbügel ein und zog ein geradezu lammfrommes Pferd hinter mir her.

Im Camp angekommen, übergab ich das Tier seinem Halter, setzte mich ein wenig zerzaust neben Erik, den Regisseur, und willigte kommentarlos in die Buchung eines Stuntdoubles für die Entführungsszene hoch zu Ross ein – an dieser Stelle noch einmal vielen Dank an die Filmcrew für das T-Shirt mit dem netten Aufdruck: »I survived turkish horsepower …«

# Kapitel 21

## *Der Weg der Leichtigkeit*

Irgendwann kommt der Punkt, an dem man sich mit dem eigenen Übergewicht auch philosophisch auseinandersetzen möchte, ja vielleicht sogar auseinandersetzen muss. Die Feststellung, dass die eigene Selbstwahrnehmung massiv durch das Ablesen einiger Ziffern auf einem Wiegegerät bestimmt wird, bringt einen irgendwann zur Erkenntnis, dass entscheidende Fragen bislang unbeantwortet geblieben sind:

Wer bin ich?

Wie viel bin ich?

Und:

Was ist der Sinn des Wiegens?

Gedanken und Fragen, die sich zwangsläufig aufdrängen und die verständlicherweise stark zu widerstreitenden Emotionen führen. Man muss dann erst einmal lernen, das alles richtig zu kanalisieren. Damit umzugehen. Sich inspirieren lassen, in sich gehen, in sich reinzuhören um dann den richtigen Weg zu finden, mit all diesen Eindrücken klarzukommen. All das habe ich getan und irgendwann tatsächlich meinen Pfad gefunden. Herausgefunden, was ich tun muss. Ich habe, wenn man so will, die Weisheit erlangt, mich von alldem hin und wieder befreien zu können … Ich nenne es »Den Weg der Leichtigkeit«.

Dieser »Weg der Leichtigkeit« ist für mich bis heute eine absolut zuverlässige Methode, dem dauernden Gewichtsstress zu entgehen, sich zurückzubesinnen auf das Wesentliche, »runterzukommen«, einfach wieder mal relaxter zu werden. Der »Weg der Leichtigkeit« baut zuverlässig Aggressionen ab und bringt mich – zumindest für eine Zeit – wieder in den Einklang mit mir selbst. Nun gibt es sicherlich nicht wenige unter Euch, die rufen werden: »Oh dicker Meister der geheiligten Kilokalorie, erleuchte uns, führe uns auf den Weg der Leichtigkeit …« … Und ja, ich will euch leiten, werde euch erlösen, euch alle, die Ihr verdammt seid, geknechtet von der Anzeige eurer Waage, all ihr Frustrierten, Gepeinigten, kommt zu mir und erlernt … den »Weg der Leichtigkeit«.

# Kapitel 22

## *Die Erleuchtung – Eine spirituelle Reise ins eigene Übergewicht*

Es war ein sonniger Frühlingsmorgen des Jahres 1997, ein Wochenende. Wie herrlich es war, so lange zu schlafen. Die Sonne lachte durch mein Zimmerfenster und streichelte mir zart die Wangen, im Baum vor dem Fenster zwitscherten munter die Vöglein ihr Lied, und es schien, als riefen sie mir fröhlich zu:

»Steh auf, Oliver … steh auf … sieh, welch schöner Tag es ist, hinaus, hinaus, welch Glückes Überschwang …!«

Derart gut gelaunt begab ich mich zu meiner morgendlichen Wiegestation im Bad. Noch nichts Böses ahnend versuchte ich auf dem Weg dahin durch einige Extraschritte flotter Tanzeinlagen noch einen kurzfristigen Kalorienabbau zu forcieren, doch auf der Waage angekommen schockierte mich einmal mehr das angezeigte Resultat. Man sagt ja immer, vor dem Tod liefe das ganze Leben noch einmal wie ein Film ab, bei mir ist es so, dass beim Wiegen der vorige Tag noch einmal wie im Film abläuft … und zwar Kalorie für Kalorie.

Das reichhaltige Frühstück, der mächtige Schokoaufstrich, mittags der Besuch in der Frittenbude, nachmittags … ach, Gott ja … Omas Geburtstag, der Kuchen … soll man den leckeren Kuchen denn einfach stehen lassen? Und sicherlich … über die eine oder andere Cola am Abend hätte man reden können, ja eventuell sogar reden müssen, aber deshalb zwei Kilo? Gottverdammt, zwei Kilo in zwei Tagen?? Das kann nicht sein, das konnte nicht sein.

Wie weggeblasen die Leichtigkeit des Seins, das Zwitschern der Vögel schlagartig verstummt, dunkle Wolken, die sich vor die Sonne schoben, alles um mich herum wurde schwarz und schwer, Wut kochte in mir hoch, geballte Frustration peischte durch mich hindurch, weil ich spürte: So kann es nicht weitergehen. So darf es nicht weitergehen. Ich musste einen Weg herausfinden aus dieser Spirale der Frustration, mich neu besinnen, musste all meine Kraft zusammennehmen, um diesen Kreis des Terrors zu durchbrechen. Und so schaffte ich das Unmögliche! Mich zu befreien. Mich loszulösen aus dieser Drangsal der Kalorien, diesem Diktat des Dickseins, dieser Geißel der Übergewichtigen.

Ich beschloss an diesem denkwürdigen Frühlingsmorgen, dass es diesmal anders werden würde als bisher. Ich würde nicht schon wieder den Rest des Tages frustriert vom morgendlichen Wiegen miesmuffelig an abgestandener Diätcola rumnuckeln, würde mir nicht meinen Tag, meine Woche und mein Leben versauen lassen … nicht heute! Nicht hier! Nicht mit mir!

Ich stand auf der Waage, schloss die Augen und atmete tief durch … O. K., ich gebe zu, dass ich beim Ausatmen noch einmal auf die Anzeige schielte, in der Hoffnung, dass die eben gerade so reichlich ausgeatmete Luft doch noch das eine oder andere Gramm weniger … Aber nein, es änderte nichts.

Da stand ich nun, tief einatmend, in mich selbst horchend, ich spürte den Raum, atmete, ich spürte die wohlige Wärme des Badezimmers, das weiche flauschige Handtuch rechts neben mir auf dem Handtuchhalter, mein Körper entspannte sich, die Verkrampfung löste sich, ich ging ans Fenster, öffnete es fast wie in Trance und atmete tief ein, füllte meine Lungen mit dieser wundervollen Frühlingsluft, die Wolken gaben die Sonne wieder frei, ein paar Singvögel begannen erneut ihr Liebesspiel, und ich kehrte zurück zu meiner Waage, bückte mich, nahm sie vorsichtig in die Hände, drehte sanft und ohne Hast meinen Oberkörper zur Seite, streckte meinen Arm mit der Waage aus und – schleuderte das verfluchte Mistding dann mit aller mir zur Verfügung stehenden Kraft aus dem Fenster.

Wie leicht das ging. Wie leicht die Waage ihren Weg nach unten fand. Und so war er geboren: der Weg der Leichtigkeit.

Selten habe ich mich am Morgen nach dem Wiegen so groß-

artig gefühlt. So frei. So fit. Mir ging es gut. Es lebe der Weg der Leichtigkeit. Und die Waage?

Nun, nach einer beeindruckenden Flugphase detonierte das Mistding auf der Rasenfläche und zersprang in tausend Teile. Der Rahmen hatte sich tief durch die Grasnarbe gebohrt, das Anzeigenblatt hing deformiert am Oberblech, einige Teile schlugen im näheren Umkreis der »Master Impact Zone« ein, die mechanische Feder schaffte es sogar bis zur Hecke an der Grundstücksgrenze.

Unterm Strich dürfte die Waage sicherlich den »Weg der Leichtigkeit« deutlich weniger enthusiastisch betrachtet haben, aber ein bisschen Schwund ist eben immer, das ist bisweilen auch bei philosophischen Erkenntnissen so. Und man darf nicht vergessen, dass das wohlige Gefühl der Genugtuung für diese unzähligen Momente tiefster Frustration beweist, dass der

Weg der Leichtigkeit eben nicht nur einer von vielen ist, nein: Er ist an manchen Tagen der einzig richtige Weg.

*Mein Praxistipp Nr. 12:*
*Wie schon in Tipp 2 gesagt: Steigen Sie nur auf die Waage, wenn Sie mit JEDEM Ergebnis gut leben können. Erstens ist der »Weg der Leichtigkeit« auf Dauer recht kostspielig, und zweitens ist die Genugtuung über den vermeintlichen Sieg über das Wiegegerät nur von sehr kurzer Dauer – insgeheim weiß man, dass man verloren hat, da hilft dann auch kein transzendentaler Rechtfertigungsversuch.*

# Kapitel 23

## *Alles recht Waage – Welches Modell sollte es sein?*

Wer so wie ich gelegentlich den Weg der Leichtigkeit wählt, sucht sich sein Wiegeblech unter anderen Gesichtspunkten aus als der Ottonormalwieger. Neben Design und Farbgebung sind für mich inzwischen auch das Eigengewicht der Waage, eine gute Griffigkeit und die generellen Flugeigenschaften wichtige Bestandteile der Kaufentscheidung. Schließlich will man ja nicht, dass das gute Stück beim Reiseantritt auf den Weg der Leichtigkeit frühzeitig aus der Hand gleitet und das heimische Fenster durchschlägt – in einem solchen Falle profitiert man nämlich nicht mehr von dem Glücksgefühl der Genugtuung über die zerstörte Waage, sondern ärgert sich ungleich mehr über den dann notwendig gewordenen Glaserbesuch.

Apropos Geld: Beim Preis ist zu berücksichtigen, dass der Pfad der Erleuchtung bei besonders teuren Modellen nur allzu schnell getrübt wird durch den Gedanken daran, dass man auf dem Weg der Leichtigkeit gerade einige hundert Euronen im heimischen Garten versenkt hat – Augen auf beim Waagenkauf also! Es gibt somit eine Menge Punkte zu berücksichtigen, allerdings darf man sich nicht nur auf die wirtschaftlichen oder flugtechnischen Aspekte versteifen. Im Laufe der Jahre habe ich verstanden, dass man mit seiner Waage eine symbiotische Beziehung eingeht, deren »Gewichtung« man nicht unterschätzen darf. Man kann nicht mehr ohne Waage, und die Waage braucht etwas Wiegbares, um ihre Existenz zu rechtfertigen.

Meine ersten Modelle waren noch rein mechanisch … eine einfache Feder dreht mittels eines Zahnrades eine Ziffernskala auf einem runden Metall oder Plastikscheibchen, sodass man das Gewicht durch ein Sichtfenster auf der Oberseite ablesen kann. Das ist eine recht simple Mechanik, mehr oder minder fehleranfällig, aber definitiv einfach und solide aufgebaut. Später dann kamen die ersten digitalen Geräte, am Anfang noch deutlich zu teuer, wohl als Anschaffung fürs Leben konzipiert, und deshalb für mich zunächst nicht interessant. Doch die Dinger wurden schnell billiger, und als ich dann irgendwann mein erstes Modell mit roter Digitalanzeige auf den »Weg der Leichtigkeit« führte, ergab sich für mich völlig unerwartet eine Zweitverwertung der schicken roten Digitalanzeige als Uhr auf dem Schreibtisch – der »Weg der Leichtigkeit« hatte einmal mehr bewiesen, dass er mich mannigfaltig zu erleuchten verstand … sei es durch ausgiebige Bastelneugierde oder auch durch ein hell strahlendes rotes Digitaldisplay – umgebaut zur Uhr. Und noch heute habe ich in meiner Werkstatt eine Kiste mit einer erklecklichen Auswahl an mechanischen Federn und Bauteilen jeglicher Art – wer weiß, wozu man die noch mal gebrauchen kann!

Hat man für sich also die grundlegenden Eigenschaften der Waage definiert, kann man aus einer schier unbegrenzten Vielzahl von Modellen auswählen. Ich hatte einmal als ausgewiesener Star-Wars-Fan eine Waage, die sogar mit mir sprach! Mit der Stimme von Yoda, dem kleinen gnubbeligen Jedizwerg, musste ich mir dann Sachen anhören wie »Hmmm … die Macht wächst stark in dir« … »Deinen Körper du mehr trainieren musst …« Das war – gelinde gesagt – noch einmal ein Stückchen frustrierender als einfach nur schweigend zur Kenntnis zu nehmen, dass die Diät wieder ein Misserfolg war oder dass die Weihnachtszeit mit all ihren Köstlichkeiten mal wieder deutliche Spuren in meinem Jedi-Ritter-Profil hinterlassen hatte.

Dass der kleine Yoda in meiner Waage hockte und sich insgeheim über meine – zugegebenermaßen nur wenig jedimäßige – Disziplin ins Fäustchen lachte, war auf Dauer natürlich nicht hinnehmbar. So ging denn auch Yoda eines Tages den »Weg der Leichtigkeit« – was ich heute ein bisschen bereue, denn Yoda selbst dürfte anhand seines eher zwergenhaften Wuchses beim Body-Mass-Index (BMI) auch eher ein desaströses Ergebnis eingefahren haben. Rückblickend denke ich, dass Yoda lediglich verhindern wollte, dass ich in einigen Jahren aufgrund von massivem Übergewicht beim Sprechen röcheln würde wie Darth Vader: »Chhhhchchchchhh … Luke … hrchchchchch-hhh … du bist … chchchchhhhh zu fett …!

Sehr beliebt zu sein scheinen übrigens Modelle mit integrierter Uhr. Man steht also auf der Waage und weiß quasi, was die Uhr geschlagen hat – wenig ermutigend, wenn ihr mich fragt, und ich würde hier schon sehr zeitig den Weg der Leichtigkeit empfehlen. Toll fand ich die Idee eines Versandhauses, das mal eine Partnerwaage angeboten hatte: Statt alleine stellte man sich immer zu zweit darauf. Wenn das Gewicht höher war als am Vortag, konnte es ja theoretisch immer der Andere sein, der zugelegt hatte. Wem das jetzt zu blöd erscheint, der stelle sich einmal vor, wie viele Punkte man bei der angebeteten Partnerin sammeln könnte, wenn man bei der Anzeige eines höheren Gewichts das gemeinsame Plus heldenhaft auf sich verbucht: »Wow, Schatz, du musst abgenommen haben, denn eigentlich hätte die Anzeige noch höher ausfallen müssen. Da ich weiß, dass ich zugenommen habe, musst du also abgenommen haben …«

Eine solche Waage hätte vermutlich das Zeug dazu, niemals den Weg der Leichtigkeit zu gehen, weil sie bei Ehestreitigkeiten viel zu unentbehrlich gewesen wäre. Für kontraproduktiv halte ich hingegen Waagen, die mit aufmunternden Sprüchen à la »Jedes Pfund an dir ist ein Pfund mehr zum Liebhaben« punkten möchten. Zum einen ist schon jetzt deutlich mehr an mir zum »Liebhaben«, als mir selbst lieb ist, und zum anderen hätte ich bei einer solch vertständnisheischenden Waage definitiv Hemmungen, sie irgendwann mal auf den Weg der Leichtigkeit zu schicken.

*Mein Praxistipp Nr. 13:*
*Eine originelle Waage hilft tatsächlich – wenn auch nicht beim Abnehmen, so aber zumindest beim Zurechtkommen mit den eventuell frustrierenden Ergebnissen. Kaufen Sie sich also eine nette Waage, das morgendliche Wiegen behält so zumindest einen Restwert an Vorfreude und Würde. Aktuell begrüßt mich SpongeBob Schwammkopf mit einem euphorischen »Hallllooooohooooooooo«. Und wenn sich die Waage auch weiterhin brav daran hält, es mit der Gewichtsanzeige nicht zu übertreiben, werden SpongeBob und ich noch lange viel Spaß miteinander haben – bis auch er den Weg der Leichtigkeit beschreiten muss …*

# Kapitel 24

## *Der »Jo-Jo«-Effekt, Teil III*

Und zack, da isser wieder, der »Jo-Jo«-Effekt.

Beginnt er langsam, Ihnen auf die Nerven zu gehen? Dann verstehen Sie, wie es einem Dicken geht, der mal wieder all seine Diäterfolge durch diesen hinterfotzigen Effekt verloren hat. Er ist und blcibt ein mieses Ding. Jedes mal aufs Neue. Immer und immer wieder. Der »Jo-Jo Effekt«.

# Kapitel 25

## *Gewichtige Gründe – Vorteile durch Übergewicht!*

Nun ist es allerdings bei Weitem nicht so, dass man als »Mittdreißiger« (das ›mittdreißig‹ bezieht sich in diesem Falle auf den BMI-Index, der ja bekanntlich die Pforten des Normalgewichts ab dem Wert fünfundzwanzig schließt) immer und überall den sehnsüchtigen Wunsch hegt, ebenfalls in das Normstandardmaß hineinzupassen. Neben einigen Raufereien auf dem Schulhof, die ich sicherlich auch dank eines – nennen wir es – erhöhten Anpressdrucks auf den Kontrahenten für mich entscheiden konnte, erinnere ich mich auch noch an einige andere Situationen im Leben, wo mir das bisschen gewichtige Reservebumms auf den Rippen hilfreich war. Fakt ist: Eine eher kräftige Statur ist nicht nur in der Grundschule von Vorteil, sondern auch bei späteren Diskothek- oder Rockkonzertbesuchen.

Mein damaliger bester Freund war eher das, was man einen Hungerhaken nannte, und demnach war unser beider Silhouette durchaus ein Schmunzeln wert, aber es dürfte nicht schwer zu erahnen sein, WEM sich angetrunkene Vollpfosten im Zweifel bei einer aufkeimenden Prügelei zuwandten. Richtig: Man kackt erst einmal dem Hungerhaken ans Bein, da ist die Gefahr der Niederlage prinzipiell erst einmal geringer einzustufen.

Übergewicht als Deeskalationsprinzip ist also prinzipiell praktikabel, klappt aber nur bei lokalen und unbewaffneten Konflikten, und das leider auch nicht immer. Denn sowohl mein dürrer Kumpel Torsten als auch meine füllige Wenigkeit waren eher pazifistischer Natur, sodass dieser eigentlich elementare Vorteil meiner deutlich verstärkten Außenpanzerung viel zu selten zum Tragen kam.

Bei einer meiner Reisen nach Afrika in den 90er-Jahren hingegen erinnere ich mich noch sehr gut daran, dass mir mein Übergewicht nicht unerhebliche Dienste geleistet hatte. Weniger kokett ausgedrückt: Es ließ mich überleben. Denn für die Moskitowelt Tansanias war ich offenbar eine der süßesten Versuchungen, seit es weiße Europäer gab, der die eine oder andere Anopheles-Mücke nicht widerstehen konnte und mir beim gepflegten Tankstop an meiner Vene ein paar der bordeigenen Malariaerreger ins Blut kotzte. Derart malariainfiziert ist es schwer bis unmöglich, jedwede Nahrung oder Flüssigkeit bei sich zu halten, vor allem, wenn man gerade auf einer individuellen, komplett selbst geführten Safari mitten in der Steppe Tansanias urlaubt.

Zunächst hielt ich die Schweißausbrüche und den Schwindel schlicht für die normalen Begleiterscheinungen eines dicken Europäers unter der gleißenden Hitze der afrikanischen Sonne, aber als sich dann sogar kleine Pfützchen an Stellen bildeten, an welchen ich nur einige Sekunden gestanden hatte, wurde ich dann doch etwas skeptisch: Bin ich ein Regenmacher? Begrüne ich gar die Wüste? Wo ich hingehe, sprießt das Gras? Erschaffe ich Leben? Bin ich Jesus? Ein Wunder? Ein Superheld? Oder einfach nur ein Vollidiot, der die Malariaprophylaxe vergessen hatte? Es ergab sich dann recht schnell, dass nur Letzteres zutraf.

Natürlich hatte ich die Malariaprophylaxe genommen ... dachte ich ... irgendwie ... meine damalige Reisebegleiterin Tanja wies mich jedoch darauf hin, dass »Die Einnahme muss im Vorfeld erfolgen« nicht bedeutet, dass man mit der Prophylaxe erst beginnt, wenn man den Flieger Richtung Tansania besteigt ... also quasi auf dem Flughafenvorfeld. Diese Lektion habe ich an jenem verschwitzten Nachmittag jedenfalls gelernt ... Lange Rede, kurzer Sinn, ich hatte Malaria – und damit zum ersten Mal im Leben kein Problem mit der Gewichtsreduktion, sondern damit, mein Gewicht zu halten. Denn ich warf wie ein leckgeschlagener Zeppelin innerhalb weniger Stunden alles an Wasserballast ab, was mein Körper zu bieten hatte.

Wer glaubt, Schweißporen schaffen keinen durchgehenden Strahl, der irrt – ich habe es selbst gesehen, und wenn ich sage, dass ich Flüssigkeiten aus wirklich allen zur Verfügung stehenden Körperöffnungen ausschied, dann meine ich auch wirklich alle zur Verfügung stehenden Körperöffnungen. Es heißt ja, der Körper besteht zu siebzig Prozent aus Wasser; dass man aber durch den Stich eines Malaria-Moskitos offenbar auch in die Lage versetzt wird, diese siebzig Prozent innerhalb weniger Stunden einfach so abzulassen, das steht nirgendwo. Ich verlor jedenfalls rapide an Gewicht, so rapide, wie noch bei keinem Ereignis im meinem Leben zuvor. Hätte ich eine Waage zur Verfügung gehabt, hätte ich mich in den kurzen Kotzpausen vermutlich sogar über die – wie bei einem kapitalen Börsencrash fallenden – Anzeigewerte gefreut, so absurd das in meiner Situation auch scheinen mag. Fakt ist aber auch, dass ich der festen Überzeugung bin, dass eine derartige Spontanreduktion fettreservefreie Mitmenschen in deutlich größere Bedrängnis bringt als lebende Wasserspeicher wie mich. Anders ausgedrückt: Mein dürrer Kumpel Torsten wäre nach zwei Stunden akuter Malaria mit Sicherheit einfach VERSCHWUNDEN gewesen! Verschwunden im Sinne von physisch nicht mehr vorhanden. Er hätte sich ratzfatz weggeschwitzt, wäre ausgelaufen, hätte sich aufgelöst, vaporisiert, weggeschmolzen. Er hätte jedenfalls keine Chance gehabt.

Mich hingegen gab's auch nach ca. dreißig Kilogramm Gewichtsverlust in weniger als zwei Tagen noch. Lang lebe meine dromedarmäßige Wasserspeicherplauze!! O. K., ich gebe zu … ich war jetzt nicht mehr unbedingt das blühende Leben, und die verfluchte infektiöse Mücke hatte offenbar auch schon den Sensenmann über meine Radikaldiät informiert, aber dank eines unverhofft aufgefundenen Buschkrankenhauses am dritten Tag und der damit verbundenen Gegenbehandlung gelang es mir – man erlaube mir das Wortspiel – mich über Wasser zu halten. Noch heute bin ich felsenfest der Meinung, dass mein Fett- und Wasserspeicher mir die lebensnotwendige Zeit verschafft hat, die ich gebraucht habe, um bis zur Gegenbehandlung zu überleben. Lebendig durch Masseüberschuss, sozusagen. Oder: Zu dick um zu sterben! DAS ist doch mal 'ne Schlagzeile!

So weit also zu dem immer wieder geäußerten Vorwurf, Übergewicht sei ausschließlich gesundheitsgefährdend. Bei tropischen Krankheiten schadet es jedenfalls nicht, wenn nicht gleich die Organe höchstselbst zu dehydrieren beginnen, sondern erst mal die abdomenale Polkappe (die Wampe!) abschmelzen kann. Ich gebe allerdings zu, dass ich auf derlei Erkenntnisse durch Selbstversuch eigentlich sehr gerne verzichtet hätte.

*Mein Praxistipp Nr. 14:*
*Von tropischen Krankheiten als Diätersatz kann ich nur abraten. Ich befürchte zwar, es ist nur eine Frage der Zeit, bis irgendwann eine Frauenzeitschrift das einmal als »revolutionäre neue Wunderdiät aus Afrika« feilbieten wird, aber ich versichere Ihnen: Es ist eine ganz miese Idee. Sie sind dick, aber nicht dämlich, behalten Sie diesen kleinen, aber feinen Unterschied bei.*

# Kapitel 26

## *Gewichtige Gründe, Teil II – und noch 'n Vorteil*

Die Vorteile des Dickseins sind vielleicht nicht besonders zahlreich, daher ist es durchaus gerechtfertigt, die wenigen Lichtblicke in unserem adipösen Dasein mit einem zusätzlichen Kapitel angemessen zu würdigen. Denn es gibt tatsächlich noch einen weiteren, wirklich nennenswerten Punkt, mit dem Dicke im großen Spiel des Lebens punkten können: der Zeitfaktor.

Also, nicht dass Sie jetzt denken, Dicke altern langsamer, dem ist leider nicht so, nein, vielmehr ist es so, dass der natürliche Lauf der Dinge für Dauer-Dicke oftmals ein bisschen gnädiger verläuft als für die schlanken Zeitgenossen aus vergangenen Jugendtagen. Wenn wir es angesichts unserer miesen Blutwerte, der überlasteten Gelenke und der härter arbeitenden Herzkammern überhaupt erst mal geschafft haben, das Rentenalter zu erreichen, dann können wir manchmal die Früchte unser lebenslangen Extrakilos in Form von altem Bildmaterial ernten.

Eine perfekte Gelegenheit dafür sind zum Beispiel Klassentreffen mit den alten Recken aus längst vergangenen Schultagen. Wer kennt nicht die fies grinsenden Gesichter der ehemaligen Mitschüler, wenn man sich nach dreißig Jahren mal wieder gemeinsam die alten Jugendbilder anschaut? »Boah … war der da noch schlank« oder »Mei, ist die aber fett geworden« sind die typischen Standardsprüche. Andersherum: Wer jedoch schon in jüngeren Jahren eher rundlich glänzte, der legt im Alter viel moderater zu als die ganzen Obersportler und Modelschicksen – zumindest sieht man den Mehrwert nicht so deutlich. Wir waren schon damals rundlich und haben lediglich den Durchmesser vergrößert, die Topathleten von damals halten indes im Alter in den seltensten Fällen ihre jugendlichen Idealmaße, was dann beim Vergleich vorher/nachher sprichwörtlich viel mehr ins Gewicht fällt.

Mit ein bisschen gutem Willen kann man dann selbst so ungastliche Kommentare wie: »Hey, du bist ja noch genauso dick wie damals« zu einem wohlklingenden »Du hast dich ja kaum verändert« umdeuten, um dann mit einem breiten Grinsen zu kontern: »Tja mein Lieber, dafür hast Du Dich ja definitiv eher zum Nachteil verändert, du warst früher ja deutlich schlanker!« Alles eben eine Frage der Sichtweise, nicht wahr? Fakt ist: Die sportlichen Topfiguren aus unserer Jugend haben im Alter viel eher unter körperlichen Verfallserscheinungen zu leiden als unsereins. Ich halte das für eine verdiente, wenn auch etwas späte Genugtuung von Mutter Natur. Bis dahin tröstet mich der Gedanke, dass ich für ein attraktiveres Erscheinungsbild einfach nur ein bisschen abnehmen muss, während der stets gutaussehende Teenage Hero seinen Sex-Appeal bereits in den frühen Jugendjahren verfeuert hat – bleibt nur die zentrale Frage, wie und wann ich das mit dem »einfach ein bisschen abnehmen« endlich hinbekomme …

*Mein Praxistipp Nr. 15:*
*Mein Tipp für alle Jugendlichen mit zu viel Eigenmasse lautet also: Fotografiert einfach jeden, der euch in der Schule, an der Uni oder im Sportverein mit seinem vor jugendlicher Kraft strotzenden Adoniskörper neidisch macht. Sammelt jeden Schnappschuss der ach so sportlich aussehenden Klassenkameraden. Die Rache kommt in dreißig Jahren – zugegebenermaßen etwas spät, aber immer noch besser als nie. Und sie schmeckt richtig süß.*

# Kapitel 27

## *Schwerwiegende Gründe – Nachteile durch Übergewicht!*

Wenn man so offenherzig über die Vorteile der bordeigenen Bonusmasse spricht, dann darf man nicht verschweigen, dass unsere Welt, so wie wir sie kennen, definitiv eine Welt für Normalgewichtige ist. Linkshänder kennen die Problematik, dass ihnen der Gebrauch vieler Produkte allein deshalb schwerer fällt, weil sie eben für Rechtshänder konstruiert wurden – und Dicke haben eben oft ganz ähnliche Probleme, da die Welt eben für Normalgewichtige gestaltet ist. An dieser Stelle nun meinen allerherzlichsten Glückwunsch zum Jackpot an alle linkshändigen Übergewichtigen ... so wie mich, wir haben quasi die »Arschkarte Deluxe« der Produktdesigner für uns gebucht.

Besonders deutlich wird mir meine Überbreite immer, wenn ich in der wunderschönen Stadt Köln bin. Nicht wegen der kleinen und engen Gassen (sollten mir diese beim Durchqueren per Pedes einmal Schwierigkeiten bereiten, dürfte ich ganz andere Probleme als jetzt haben), nein, es geht darum, was in Köln gelegentlich noch als tatsächlich benutzbares Badezimmer angesehen wird. Es gibt eine stattliche Anzahl von Hotels, in denen ich schon zu Gast sein musste, die offenbar der festen Überzeugung sind, dass die Benutzung der Toilette oder Dusche nur von Menschen mit einer maximalen Körperbreite knapp über

Pappkartondicke gewünscht wird. Anders ist es nicht zu erklären, dass ich bereits Vollpreis-Zimmer gebucht habe, in denen es mir nur mit kamasutraähnlichen Verrenkungen gelungen ist, in die Duschkabine zu gelangen.

In einem besonders extremen Fall hatte ich es tatsächlich irgendwie geschafft, mich in die Nasszelle zu zwängen, musste dann aber feststellen, dass ich beim Aktivieren des Wasserstrahls binnen kürzester Zeit elendig ersoffen wäre. Die verdammte Duschkabine war so winzig, das mein Hintern auf der Rückseite und meine Plauze auf der Vorderseite die Kabine derart perfekt abdichteten, dass das von oben kommende Wasser definitiv keine Chance gehabt hätte, an mir vorbei herunterzulaufen, um in den Ausguss zu gelangen. Mein Körper war also quasi von der Hüfte aufwärts eine Art gigantische Staumauer, und es wäre nur eine Frage der Zeit gewesen, bis das aufgestaute Wasser mich in der Minidusche ersäuft hätte.

Auch scheint unter Kölner Innenarchitekten offenbar ein interner Wettbewerb zu laufen, in dem es darum geht, möglichst kleine Kloschüsseln in möglichst winzige Ecken zu installieren. Einige dieser Schüsseln waren so weit von einer mir tatsächlich noch zugänglichen Fläche entfernt, dass ich selbst mit größtem Blasendruck und vollendeter Technik wohl kaum einen so strammen Strahl hinbekommen hätte, der die Schüssel auch wirklich erreicht hätte.

Ganz im Ernst, was einige dieser Hobbit-Architekten unter einer benutzbaren Toilettennische im Badezimmer verstehen, ist ein schlechter Witz. Meinen Unmut darüber bekommen in solchen Fällen natürlich immer unschuldige Rezeptionisten zu spüren. Ich gestehe, dass es für den ein oder anderen Aushilfsportier eventuell auch zu traumatischen Folgeerscheinungen kommen kann, wenn ich wutentbrannt und mit offenem Gürtel wieder einmal aus meinem Zimmer an die Rezeption stürme und das so bereits schon arg irritierte Personal auffordere, mir doch bitteschön einmal zu zeigen, wie ich meinen Arsch auf die verdammte Klobrille bringen soll, wenn die dafür vorgesehene Kacknische gerade mal halb so breit ist wie mein linkes Bein.

In aller Regel bekomme ich danach übrigens ein anderes Zimmer.

Ähnlich wie bei Hotelzimmern ist das bordeigene Startgewicht natürlich auch bei der Benutzung jeder Art von Transportmitteln für den Erfolg oder Misserfolg entscheidend. Als Grundregel kann man sagen, dass man mit der guten alten »Weniger-ist-mehr«-Mentalität besser fahren würde. Fahren ist dabei auch schon das entscheidende Stichwort: Es »fährt« sich nämlich in der Regel besser als Leichtgewicht – und zwar fast egal mit welchem Fortbewegungsmittel, Panzer mal ausgenommen.

Wenn man von A nach B kommen möchte und nicht gerade einen Schwerlasttransporter sein Eigen nennt, machen sich überflüssige Pfunde immer negativ bemerkbar. Auch hier ist es wieder simple Physik, die das Gesetz bestimmt: Mehr Masse bedeutet mehr benötigte Energie für die Fortbewegung. Im Falle von Fahrradrikschas bedeutet mehr Energie entweder mehr Geld oder wild fluchende Rikscha-Strampler. Im Falle des eigenen Mofas bedeutet es schlicht, dass man bei Beschleunigungsrennen gegen die Kumpel grundsätzlich den Kürzeren zieht, und stets als Letzter auf dem Knatterhobel die Ziellinie überquert. Egal, ob in der Fahrradrikscha in Indien oder auf dem ersten eigenen Mofa – »leicht« kommt immer besser, oder sollte ich sagen »früher« an!

Und dann ist da noch die Sache mit der maximalen Belastungsgrenze vieler Fahrzeuge – nicht immer sind mit drei Personen auch wirklich drei Personen gemeint, manchmal bedeuten drei Personen auch einfach nur »ich plus leichtes Handgepäck!« Insbesondere bei diversen Wassersportgeräten ist bei der Zulassung für zwei Personen sehr penibel darauf zu achten, welche Personen wohl gemeint sein könnten. Ich erinnere mich noch sehr gut an meinen ersten – und im Übrigen auch letzten – Trip in einem Kanu auf der Weser. Genauer gesagt wurde daraus eher ein Trip ohne Kanu IN der Weser, denn aus mir heute unerfindlichen Gründen dachte ich damals, ein Faltkanu sei eine prima Erfindung und ein tolles Wassersportgerät – ist es aber nicht. Ab 100 kg Lebendgewicht des Kanuten wird aus so einem Faltboot äußerst schnell eine Art eng anliegendes Wickelzelt, das sich formschön an den Körper schmiegt, während die hölzernen Querspanten ihre maximale Brechbelastung erforschen … Im Klartext: Schon beim Versuch, das bereits zu Wasser gelassene Boot zu betreten, rutschte ich auf dem verdammten Einstiegholzbrettchen ab, fluppte mit dem Hintern in die Spanten, riss dabei mit den Halt suchenden Händen die Reling vom Holzgestell und versenkte den Kahn effektvoll innerhalb weniger Sekunden. Unter dem tosenden Lachen der umstehenden Freunde versuchte ich danach, mich aus dem mich vollständig umschließenden Faltboot zu befreien, und robbte wie ein gestrandeter Wal ans matschige Ufer …

Das war peinlich. Und irgendwie erniedrigend. Und ja, ich

hätte aus dem Fehler lernen müssen. »HÄTTE!« Hab ich aber nicht …

Die traurige Wahrheit ist, dass ich Jahre später in stark alkoholisiertem Zustand die Idee hatte, den Ruf des Kanukillers am besten damit zu bekämpfen, indem ich bewies, dass mich ein Leichtfaltboot durchaus tragen kann – es mag am Alkohol gelegen haben, aber was soll ich sagen: Es war eine durch und durch dumme Idee. Wer wäre schon auf die Idee gekommen, dem Kapitän der Titanic erneut ein Schiff anzuvertrauen? Richtig, niemand. Ich hingegen hielt es für therapeutisch richtig, mein seit damals bestehendes Faltkanutrauma mittels Konfrontationstherapie doch noch zu therapieren. Es mag am Alkohol gelegen haben oder an dem inzwischen noch dickeren Hintern, Fakt ist jedoch: Es hat nicht funktioniert. Und zwar überhaupt nicht. Auch Kanu Nummer zwei kapitulierte an einem schönen Sommerabend mit viel Getöse unter meinem ungelenken Versuch der sanften Bootsbesteigung. Anders als beim ersten Kanu rutschte ich diesmal nicht einfach auf der stabilen Bodenholzplatte aus, sondern verfehlte sie im Halbdunkel komplett – und latschte mit voller Wucht auf das Stoffgewebe links neben dem Einstiegsbrett, das mit einer derartigen Spontanbelastung definitiv nicht gerechnet hatte und umgehend kapitulierte. Die Naht riss auf einer Länge von einem halben Meter spektakulär auf, und ich brachte den Kahn, an meinem Bein hängend, zum Sinken, noch bevor man auch nur eine einzige Seenotrakete in den dunklen Abendhimmel hätte abfeuern können. Mit einem Bein im Kanuboden steckend tat ich das, was man als verantwortungsbewusster Kapitän in solchen Situationen zu tun pflegte: Ich sank würdevoll mit dem zerlegten Faltboot auf den Grund des Sees. Da dieser jedoch nur knapp einen halben Meter tief war, reichte es leider nicht für einen ehrenvollen Seemannstod, sondern führte stattdessen erneut zu Lachkrämpfen meiner an Land verbliebenen »Freunde«.

Seitdem habe ich einen weiten Bogen gemacht um Boote, die sich irgendwie zusammenfalten lassen – ein grundsolides Rumpfkonzept ist für mich inzwischen stählerne Bedingung, wenn es um Wasserfahrzeuge geht. Und derlei Beispiele kennt jeder, der vom Normalgewicht abweicht.

Klappstühle, die ganz toll klappen, wenn sie gar nicht klappen sollen, Sollbruchstellen, die an Stellen brechen, wo es eigentlich nicht brechen soll, und Materialermüdung an Materialien, die eigentlich noch gar nicht müde sein dürften – das alles kennt man, wenn man dick ist. Und man lernt, damit umzugehen. Dick zu sein heißt, sich mit physikalischen Gesetzen bestens auszukennen.

*Mein Praxistipp Nr. 16:*
*Die Lehre aus diesem Kapitel dürfte klar sein: Besteigen Sie einfach kein Objekt, das nicht solide gebaut ist. Achten Sie auf eine grundsolide Materialauswahl, und lernen Sie, gute von schlechten Schweißnähten zu unterscheiden.*

*Dieser Tipp könnte Ihnen mitunter einmal das Leben retten – oder Sie zumindest vor einem peinlichen Gartenstuhldesaster bewahren.*

# Kapitel 28

## *Materialermüdung*

Ein solides Übergewicht in einer auf fünfundsiebzig Kilogramm Normalgewicht ausgelegten Umgebung und Materialbestückung bringt es ganz zwangsläufig mit sich, dass man in Sachen physikalischer Gesetze den einen oder anderen Wissensvorsprung gegenüber Normalgewichtigen erworben hat. »Erworben« heißt in diesem Zusammenhang allerdings nicht, dass man besondere Studiengänge belegt oder vorm Schlafengehen noch ein, zwei Kapitel aus »Einsteins physikalischem Almanach« verschlungen hätte, sondern schlicht, dass man anhand von meist schmerzhaften und grundsätzlich peinlichen und eigentlich immer ungewollten Experimenten herausgefunden hat, wie, wo und wann welche Materialien an ihre strukturbedingten Grenzen gelangen. Bruchfestigkeit, Verwindungssteifigkeit, plastische Verformung und die immer wieder gern überschrittene Bruchgrenze sind für uns Übergewichtige nicht einfach nur die Bezeichnungen von physikalischen Gegebenheiten, nein, es sind vielmehr Begriff gewordene Traumata ganz persönlicher Desaster im Umgang mit Alltagsgegenständen.

Ein Beispiel: Im Lexikon liest man zur Bruchgrenze folgende nüchterne Definition:

*Die Bruchgrenze: Der Werkstoff kann nicht unendlich weit*

*plastisch verformt werden. Wird die Bruchgrenze überschritten, bricht der Werkstoff.*

Das hört sich zunächst ja recht unspektakulär an. In der Realität jedoch hat diese eigentlich harmlose Beschreibung psychisch wie physikalisch eine vernichtende Wirkung. Wenn man schon einmal vor einer versammelten Hochzeitsmannschaft während der Brautpaaransprache im Garten mit einem dünnwandigen Klappstuhl mitten im feierlichsten Moment krachend in den Erdboden kollabierte, weil der verdammte Rohrrahmenklappstuhl offenbar seine Bruchgrenze erreicht hatte, dann ist das ein experimenteller Nachweis jener physikalischen Gesetzmäßigkeit, auf die man als dicker Hochzeitsgast definitiv gerne verzichtet hätte. Besonders, wenn man sich noch einmal die Definition vor Augen hält, in der es ja heißt: *Der Werkstoff kann nicht unendlich weit plastisch verformt werden.*

Die Erkenntnis, dass man ganz offenbar diese »unendliche Weite« allein mit seinem Körpergewicht überschreiten kann, sprengt neben der physikalischen leider auch die psychologische Bruchgrenze. Ich habe für sie deswegen auch eine eigene, für Übergewichtige vollkommen naheliegende Wortdefinition: Die Bruchgrenze ist zum Kotzen! Egal ob Faltboote, Klappstühle oder Mofas – unsere gesamte Gesellschaft ist tatsächlich für ein Gewichtsschema um die fünfundsiebzig Kilogramm ausgelegt. Fünfundsiebzig Kilogramm!! Und jedes Kilo mehr bringt es mit sich, dass man sich mit den Materialien, denen man sich anvertraut, etwas intensiver befasst, als es vermutlich der Normalmensch tut. Ich zum Beispiel habe mir im Laufe des Lebens antrainiert, instinktiv alle relevanten Materialien in meiner Umgebung grundsätzlich erst einmal auf deren Belastbarkeit abzuscannen. Wenn ich einen Raum betrete, dann achte ich nicht auf die Dekoration oder ob mir die Tapete gefällt oder nicht – nein, ich scanne die Umgebung systematisch nach fettnapftauglichen Belastungsrisiken. Im Klartext: Innerhalb weniger Sekunden habe ich vor meinem geistigen Auge eine präzise virtuelle Karte des Raumes erstellt, auf der alle für mich relevanten Parameter automatisch erfasst werden, und das sieht dann zum Beispiel so aus: Stuhl in der Ecke links – alt, offenbar Jahrhundertwende, Material: Holz, eventuell morsch – nicht setzen! Regal rechts: Ikea, wenn vernünftig zusammengebaut, prinzipiell zum Anlehnen geeignet. Da davon auszugehen ist, dass beim Zusammenbau eklatante Fehler begangen wurden, ist sicherheitshalber aber schon vom Anlehnen Abstand zu nehmen. Der gemütliche Sessel am Fenster: Stabil, solide, sieht auch noch bequem aus, aber sehr, sehr tief – komme ich vermutlich ohne fremde Hilfe nicht wieder raus, würde für allgemeines Gelächter sorgen, sehr peinlich. Prüfergebnis: nicht reinsetzen.

Aus diesem Grunde sind geschmackliche Komponenten für mich grundsätzlich erst einmal irrelevant und werden oftmals auch gar nicht von mir wahrgenommen. Die Frage: »Und? Wie fandst du die neue Küche?«, kann ich dann oftmals nur mit »Klasse – die Barhocker wirkten stabil genug« beantworten, was Normalgewichtige nicht selten irritiert zurücklässt. Aber ich arbeite daran.

Ähnlich wie beim Faltkanufahren (von dem meinem gesamten Freundeskreis offenbar nur noch die Szene meines unrühmlichen Untergangs in Erinnerung geblieben zu sein scheint) kann man sich auch durch die Wahl eines falschen Sitzmöbels in das kollektive Langzeitgedächtnis des gesamten Bekanntenkreises brennen. Der 18. Geburtstag meines damaligen Kumpels Jürgen war auch so eine typische Veranstaltung, welche weitestgehend allen Party-Besuchern aus der damaligen Zeit nur als das »Sitzsackmassaker« in Erinnerung geblieben ist. Naiv und unbedarft, aber schon damals etwas schwergewichtig, hatte ich mich recht früh am Abend schwungvoll in einen dieser 80er-Jahre-Sitzsäcke geworfen. Diese mit Milliarden kleinster Styroporkügelchen gefüllten Jutesäcke waren damals in jedem zweiten Kinderzimmer zu finden und luden förmlich dazu ein, sich lässig darauf fallen zu lassen. Dumm nur, wenn man versucht, das Maximum an Lässigkeit dadurch herauszuholen, indem man mit schwungvollem Anlauf und einem angedeuteten Salto mortale auf diesen Sitzsack hechtet. Es dürfte unnötig sein zu erwähnen, dass das Mistding beim Auftreffen meines Körpers mit einem infernalischen Knall explodierte und seinen gesamten Inhalt durch den Raum blies.

HAHA. Ein Riesenspaß. Zum Schlapplachen. Wirklich.

Wenn man nicht gerade der bedauernswerte Rollmops ist, der im Zentrum der Detonation etwas ungelenk versucht, aus der erschlafften Jutehülle wieder zurück auf die Füße zu kommen. Wer noch nie die geradezu beeindruckende Wechselwirkung zwischen elektrostatischer Aufladung und kleinen Styroporkügelchen erfahren konnte, dem empfehle ich mal einen intensiven Tauchgang in einem Becken voller Styropor direkt nach einem Spurt über einen vollsynthetischen Teppich. Das Ergebnis meiner Turneinlage war wirklich beeindruckend: Ich sah aus wie geteert und gefedert.

Diese verdammten kleinen Kügelchen pappten wirklich überall an mir, wie ein gigantischer Magnet schien ich immer

mehr von den Mistdingern anzusaugen, ich hatte sie in der Nase, in den Ohren, im Mund, in der Hose ... einfach überall, meine Silhouette dürfte nur noch schemenhaft zu erkennen gewesen sein, und jeder Schneemann wäre erblasst vor Neid, angesichts meiner wirklich bemerkenswert prachtvollen weißen Ummantelung. Ich habe noch Wochen später unzählige dieser anhänglichen Minibällchen aus den Klamotten gepult. Fakt ist: Spricht man heute mit irgendeinem von damals über diese Geburtstagsparty, erinnert sich wirklich kein Schwein daran, wie die Party eigentlich war. Dass Jürgen zum Beispiel einen knallroten Golf von den Eltern bekommen hatte, oder dass der Plattenspieler nachts um eins den Geist aufgegeben hatte, oder dass es zu einem heftigen Streit zwischen Markus und Sabine gekommen war – KEINE SAU erinnert sich an diese Details, aber JEDER erinnert sich an das Sitzsack-Massaker vom dicken Beerhenke! Einige von den Partybesuchern können sich noch nicht einmal mehr an den Namen des Gastgebers erinnern, aber sobald du eine Explosionsgeste machst und mit weit aufgerissenen Augen ein »PUFFFFFF« raushaust, erinnert sich schlagartig jeder sofort daran, wie ich als putziges Styropormännchen mit einem erschlafften Jutesack ums Überleben kämpfte. Einzig die Tatsache, dass damals noch nicht jeder mit einer Kamera im Telefon rumlief, hat mich davor bewahrt, dank sozialer Netzwerke vermutlich zum Vollhonk des Millenniums gekürt zu werden. »Star Wars Kid« wäre ein Witz gewesen gegenüber »The Exploding Snowman«.

Ich habe meine Lehren daraus gezogen. Sitzsäcke werden von mir seither grundsätzlich vor der Benutzung erst einem intensiven und ausgiebigen Materialcheck unterzogen, der jede TÜV-Prüfung locker in den Schatten stellt. Von nicht minder großer Bedeutung ist die Fähigkeit, Materialien schnell auf ihre spezifischen Eigenschaften einzuschätzen, wenn man sein gewohntes Habitat verlässt und sich auf das Abenteuer Kirmes einlässt. Ich bin mir nicht sicher, aber ich glaube nicht, dass sich Normalgewichtige beim Besteigen eines Kirmeskarussells in gleicher Weise mit den sie umgebenden und sichernden Materialien beschäftigen wie ich. Inzwischen kann ich in Sekundenbruchteilen, nur durch kurzes Mustern der Haltebolzen beim Schließmechanismus, berechnen, wo die wahrscheinliche Bruchgrenze des Bolzens liegt und ob mein Körpergewicht für eben jenen Normbolzen eine noch vertretbare Belastung darstellen würde – und nicht immer komme ich zu dem gleichen Schluss wie der TÜV, der das Karussell sicherlich nach bestem Wissen und Gewissen durchgeprüft hat … Da ich davon ausgehen muss, dass der prüfende TÜV-Mitarbeiter vermutlich normalgewichtig war, ist Kontrolle eben besser als schlichtes Vertrauen.

Denn – damit sind wir wieder am Anfang – den scheiß Klappstuhl hatte ja schließlich auch mal irgendwann ein TÜV-Prüfer durchgewunken, und dennoch ist er unter mir kollabiert – bei der Hochzeit zwar peinlich, aber nicht so lebensbedrohend wie beim Kirmeskarussell auf dem Jahrmarkt. Ganz im Ernst: Ich habe mir in den Dingern schon so oft detailliert ausgemalt, wie es wäre, wenn die (Normgewichts-)Verankerung unter mir bei voller Fahrt die Bruchgrenze überschreitet – und ich dann mit Mach 4 über den Frittenimbiss an der Losbude vorbei Richtung Riesenrad sause, um dann mit der Karussellgondel krachend in der Geisterbahn einzuschlagen – Matsch und tot durch unvorteilhafte Materialermüdung. Derlei plastische Fantasien verleiden einem dann doch ein wenig den ungetrübten Spaß an spektakulären Fahrgeschäften. Ich wage mal die These, dass jeder Dicke, der ein solches Fahrgeschäft besteigt, einfach grundsätzlich immer ein bisschen mehr Chuzpe und Lebensmut hat als diese ganzen Hungerhaken, deren einzige Sorge es sein könnte, nicht unter dem Bügel durchzurutschen. Wobei eben jene Leichtgewichte für mich durchaus einen essenziellen Mehrwert bei Kirmes-Fahrgeschäften haben und ich die »Freude am Fahren« mitunter einzig und allein solchen Mitreisenden zu verdanken habe. Es sind eben jene Momente, die mich die Angst vor brechenden Haltebolzen vergessen lassen, wenn ich mich in einer klassischen Zweiergondel neben einen besonders dünnen Zeitgenossen setze und sich der gemeinsam um unsere Körper schmiegende Sicherungsbügel schließt.

Wenn eben jener Bügel dann sehr dicht an meiner Plauze knarzend einrastet, hat Kollege Windhund neben mir dann meistens noch einen erklecklichen Spielraum schrecklich dünne Luft zwischen sich und dem Bügel – die aufkeimende Panik in seinen Augen ist unbezahlbar und zaubert mir dann immer ein mitfühlendes Lächeln ins Gesicht.

So kann auch ich die schnell rotierenden Fahrten genießen, wenn ich meinen Mitfahrer genüsslich dabei beobachten kann, wie er sich verzweifelt an alles klammert, was greifbar ist. Und während seine Gelenkknöchelchen schon ganz weiß und blutleer werden, weil sie sich so fest um die Chromhaltestangen klammern, überlege ich insgeheim, wo denn wohl die Bruchgrenze für Mittelhandknochen liegen könnte, und wie es wohl aussähe, wenn der Mitfahrer in der nächsten Runde mit Schwung unter dem Haltebügel hindurch Richtung Frittenbude schießt, während sich seine dürren Händchen noch an die blutverschmierten Haltegriffe klammern. Ein Blick ins panische Gesicht des Kollegen lässt mich dann vermuten, dass der in diesem Moment etwas sehr Ähnliches denkt.

So macht der Jahrmarkt dann doch wieder Spaß. Am Ende haben wir alle etwas davon: Ich hatte endlich wieder unbesorgten Spaß im Karussell, und mein leichtgewichtiger Fahrtabschnittsgefährte kann sich das Geld für die Geisterbahn sparen – bleicher wird er definitiv nicht mehr.

*Mein Praxistipp Nr. 17:*
*Tatsächlich können Sie die ein oder andere Peinlichkeit vermeiden, wenn Sie bei der Sichtung Ihrer Umgebung nicht nur auf passende Farbauswahl und schicke Designfeinheiten achten, sondern sich ein bisschen intensiver mit den verarbeiteten Materialien auseinandersetzen.*

*Als Basistipp: Meiden Sie Plastik, wo immer sie nur können. Plastik ist vermutlich von einem sehr schlanken Zeitgenossen erfunden worden, und wenn ich mich nicht allzu sehr irre, dann hatte dieser Weichmacherfreak einen geradezu sadistischen Hass auf alle Übergewichtigen – anders kann ich mir die Brucheigenschaften dieses Materials nicht erklären.*

# Kapitel 29

## *Gewichtsparanoia*

»Dick sein« heißt auch, sich seiner Wirkung auf die Umwelt bewusst zu sein. Manchmal ist es zwar ganz lustig, sich in einen bereits gut gefüllten Aufzug zu quetschen und die Mitfahrer dann dabei zu beobachten, wie sie alle verzweifelt nach dem Informationsschild suchen, wo draufsteht, wie viele Personen der Aufzug denn wirklich sicher nach oben befördern kann. Lustigerweise gibt es Aufzüge, in denen ein Schild hängt:

»Max. 650 kg – oder 10 Personen.«

Wer auch nur über rudimentäre Kenntnisse in Mathe verfügt, dem fallen an dieser Gleichung mehrere Ungereimtheiten auf, und man wird beim Betreten des Aufzugs unweigerlich auf die Idee kommen, dass dieser Aufzug nicht »Made in Germany«, sondern »Made in Lilliput« sein muss, denn 650 kg auf 10 Personen verteilt würde bedeuten, dass jeder Einzelne nur vergleichsweise zwergenhaften Wuchs aufweisen dürfte. Bei voller Belegung dürfte jeder Fahrgast demnach ja nur fünfundsechzig Kilogramm wiegen – und dürfte dabei nicht mehr als eine Papiertüte am Körper tragen. Würde ich bei meiner Kreuzbreite und dem schweren Knochenbau nur 65 kg wiegen, hätte ich die eher kompakten Ausmaße eines kleinen bärtigen Kampfzwerges, der den Fahrstuhl vermutlich auf seinem Weg nach Mordor benutzt.

Nun mögen zehn nackte Zwerge im Aufzug (die Papiertüten sind aus) für den einen oder anderen ja eine recht unterhaltsame Vorstellung sein, definitiv »not amused« sind hingegen meistens die neun normalwüchsigen Personen, die sich bereits im Aufzug befinden, wenn ich noch mitfahren will. Da die versammelte Fahrstuhlcrew in der Regel eben nicht aus unbekleideten Zwergen oder Hobbits besteht, wird mein Mitfahrwunsch recht oft mit bösen, bisweilen auch sehr ängstlichen Blicken quittiert. Das Ungerechte daran ist ja, dass grundsätzlich immer ich, der Dicke, die bösen Blicke auf sich zieht – und nicht der Typ in der Ecke mit seinem riesigen Treckingrucksack oder der Familienvater mit dem Großeinkauf. Und obwohl im Rucksack mindestens zwölf nackte Zwerge inklusive gigantischer Kampfäxte Platz finden würden, käme keiner auf die Idee, den Rucksackträger mit bösen Blicken zu belegen – das macht man lieber mit dem einzigen Dicken an Bord. Aber vielleicht kommt einem das manchmal auch nur so vor. Vielleicht ist man einfach schon zu lange dick, und der ein oder andere böse Blick ist gar nicht so gemeint. Ich nenne es die Gewichtsparanoia: Ganz egal, was man macht, man hat immer das Gefühl, dass einen die Mitmenschen anstarren, weil man nicht unter die Normgewichtsgrenze fällt.

Ein weiteres Beispiel hierfür sind Rolltreppen bzw. deren unergründliche Eigenschaft, immer genau dann stehen zu bleiben, wenn ein Dicker auf ihr fährt. So eine Rolltreppe transportiert tagein, tagaus unentwegt Menschen rauf und runter. Natürlich ist es vollkommen logisch, dass sie irgendwann einmal ein Defekt zum Stehen bringen wird.

Aber hier kommt der Haken: Irgendwann ist nicht wirklich willkürlich irgendwann. In der Realität bleibt sie eigentlich immer genau in dem Moment stehen, in der ein dicker Mensch sie betritt – also ICH.

Ganz im Ernst, ich habe es selbst bereits mehrfach erlebt, dass eine tadellos funktionierende Rolltreppe genau in dem Moment den Geist aufgab, als ich die unterste Stufe betrat – Dutzende anderer Menschen auf der Treppe, direkt vor mir eine Mutti mit vier Kindern, davor ein Punk mit Bierpulle, ein Geschäftsanzug mit Handy am Ohr, Menschen wie du und ich, sie alle haben die Treppe betreten und rollern entspannt nach oben – stehen geblieben ist das Ding erst, als der Dicke kam.

Es scheint so, als ob Rolltreppen nur darauf warten, dass sich ein dicker Mensch gegen den Fußmarsch entscheidet und diese mechanischen Treppen eine unbändige Freude daran entwickeln, den Dicken blöd aussehen zu lassen. Denn was passiert, wenn die Rolltreppe stehen bleibt? Jeder, wirklich JEDER dreht sich um und schaut nach unten, um herauszufinden, wer denn nun die Treppe gekillt hat – es spielt keine Rolle, dass man absolut nichts, ich betone, absolut gar nichts mit dem Ableben des Transporttreppchens zu tun hatte. Die Blicke, die man erntet, entlarven die gesetzlich zugesicherte Unschuldsvermutung als blanke Farce, sobald es um Gewichtsfragen geht.

»Nanu? Ah … sicher … der Dicke da unten … war ja klar.«

Es ist völlig aussichtslos zu erklären, dass so eine Rolltreppe theoretisch auch in der Lage wäre, einen ausgewachsenen Blauwal am Stück nach oben zu wuchten, oder dass selbst zehn Elefanten die Mechanik einer Rolltreppe nicht nennenswert beeinträchtigen könnten. Nein, in den Gesichtern der Menschen auf der Treppe vor einem geben sich Schadenfreude, Ärger und der Unwille zur logischen Analyse fröhlich die Hand. Mit anderen Worten: Der Dicke war's. Die einzige Möglichkeit, doch noch irgendwie halbwegs unbeschadet aus der Nummer rauszukommen wäre, wenn hinter mir noch ein Dicker stehen würde, den man dann natürlich möglichst vorwurfsvoll anstarren könnte. Aber so viel Glück ist selten.

*Mein Praxistipp Nr. 18:*
*Das Schicksal können Sie nicht besiegen – sich selbst aber schon.*

*Deshalb lautet der Tipp auch, nicht zu versuchen, unangenehme Situationen zu vermeiden, sondern Ihr Selbstbewusstsein dahingehend zu beeinflussen, dass Sie derlei Situationen souveräner meistern. Scheren Sie sich nicht um die Blicke der anderen, entscheidend ist einzig und allein Ihr eigener Blick. Alternativ kaufen Sie sich ein T-Shirt mit dem Aufdruck: »NEIN, ich habe die Rolltreppe NICHT kaputtgemacht.« Ich selbst habe es mir inzwischen zur Regel gemacht, bei vorhandener Alternativtreppe aus fest verbauten Materialien lieber diese zu wählen – und habe bisher gute Erfahrungen damit gemacht. Bis zum heutigen Tage ist unter mir noch keine einzige massive Steintreppe kollabiert – ich werte das als gutes Zeichen.*

# Kapitel 30

## *Die Bilderverschwörung, oder: »Murphy's Law« der Fotografie*

»Wenn etwas schiefgehen kann, wird es schiefgehen«. Diese simple Erkenntnis trifft Dicke mit einer signifikant höheren Wahrscheinlichkeit als Dünne – da bin ich mir ganz sicher. Und ähnlich wie bei Rolltreppen, die nur dann nicht mehr rollen, wenn ein Dicker sie betritt, gibt es ein Phänomen, das ich das »Murphy's Law-der-Fotografie«-Phänomen nenne.

Um dieses Phänomen zu beschreiben, muss man wissen, dass meine Schwester und meine Cousins gewichtstechnisch allesamt eher unterentwickelt waren. Jahrelang habe ich mit der Last der Bilder aus unseren Familienalben gelebt, auf denen mehrere Kinder unserer Familie gemeinsam spielten, malten oder rumdölmerten. So weit, so unscheinbar, aber von den insgesamt ca. sechzig oder siebzig Bildern dieser Art ist auf der Mehrzahl immer eines der Kinder zu sehen, das etwas isst oder trinkt. Und nun raten Sie mal, welches der Kinder das grundsätzlich war. Richtig, der kleine, den kulinarischen Genüssen zugeneigte Junge war ICH.

Hierzu drei Beispiele: Ein Bild, wie es vermutlich in Millionen Fotoalben vorkommt. Ein Schnappschuss eines lustigen Kindergeburtstags, alle Kinder stehen um die große Torte herum, alle lachen, alle kichern, nur einer hat den riesigen Keks in der Hand … Wer wohl? Richtig, ICH. Der kleine dicke Junge.

Beispiel zwei: Ein bereits leicht vergilbtes Fotojuwel von einem Familienausflug im Sommer 1977: Wir Kinder spielen im hellen Sonnenschein auf einer Wiese, alle haben Spaß, alle Kinder toben wild herum – nur einer nicht. Einer steht an der Picknickdecke bei Mama und haut sich eine Riesenflasche zuckriger Limonade rein. Wer wohl? Richtig: ICH. Der kleine dicke Junge.

Beispiel drei: Die erste Klassenfahrt, eine ganze Horde Kinder auf dem Bild, alle wild durcheinander. Die meisten erkenne ich heute gar nicht mehr, und auch mich selbst kann ich auf dem Bild kaum ausmachen – dabei ist das doch ganz einfach: Hinten links, etwas verdeckt, steht die einzige Figur auf dem gesamten Wimmelbild, die ein geradezu absurd gigantisches Eis in der Hand hält. Um wen könnte es sich wohl handeln? Richtig, das bin ICH. Der kleine dicke Junge. Mit 'nem riesen Eis in der Hand. Vierzig Jahre lang habe ich mich ohne jeden Widerspruch diesem fotografisch dokumentierten Schicksal ergeben. Habe Ursache und Wirkung nie in Frage gestellt. »Dicke Kinder essen gern …« – es klingt doch alles so schlüssig. Warum sollte man das also hinterfragen?

Diese Bilder haben sich jedenfalls in mein diätisches Gedächtnis eingebrannt wie das glühende Brandzeichen auf dem prallen Hintern eines Rassepferdes. Und natürlich erinnert sich auch JEDER aus meiner Familie an genau diese Bilder: »Hey Olli, weißt du noch, dieser geile Sommer damals … es gibt da doch dieses eine Bild, wo wir da auf der Wiese … na ja … dieses Bild, wo du diese Riesenpulle Limonade in der

Hand hast …« Selbst, wenn es aus dieser Zeit Bilder gäbe, auf denen im Vordergrund Marsmenschen auf der Erde gelandet wären – erinnern würde man sich in meiner Familie nur an mich im Hintergrund, wie ich dann wohl gerade einen Hot Dog esse. Das ist eine Schmach, wie sie vermutlich alle anderen fotografisch dokumentierten dicken Kinder bestens kennen.

Schicksalsergeben hätte ich nie angezweifelt, dass die Bilder schlicht und ergreifend nur zeigen, dass ich halt gern und viel gegessen habe, deshalb bin ich ja auch dick. Logisch, dass ich das also auch auf den meisten Bildern tue. Warum sollte ich das also anzweifeln? Natürlich bin ich immer davon ausgegangen, dass man sich für ein Bild meines wirklich hageren Cousins, auf dem er gerade etwas isst, vermutlich wochenlang, geduldig wie ein Großwildjäger, auf die Lauer hätte legen müssen, nur um an diesen seltenen Schnappschuss zu gelangen. Um hingegen mich beim Essen zu erwischen, reichte es offenbar, bei einem beliebigen gesellschaftlichen Ereignis etwas Essen auszulegen, und dann einfach hin und wieder auf den Auslöser zu drücken. Mit Sicherheit hat der kleine dicke Junge dann auf jedem zweiten Bild die Backen voll.

Wären diese Alben in der heutigen Zeit entstanden, wo die Manipulation von Bildern mittels digitaler Bildbearbeitung eine Leichtigkeit ist, ich wäre vielleicht irgendwann mal misstrauisch geworden. Aber so? Nein, die Bilder waren allesamt authentisch und NICHT manipuliert. Wer meine Mutter schon mal im Umgang mit einem PC gesehen hat, wird niemals an der Echtheit aller Bilder zweifeln – so viel war sicher. Und so war es schlussendlich auch nur ein Zufallsfund im Keller meines Elternhauses, der für mich die Wahrnehmung der fotografierten Wirklichkeit mit einem Schlag geradezu vaporisierte. Ich habe Dinge ans Tageslicht gebracht, deren Tragweite die Sichtweise Millionen dicker Menschen aus der prädigitalen Foto-Ära grundlegend erschüttern wird. »Watergate« war ein Dreck gegen die schier unfassbare Dokumentation, welche in einem kleinen verstaubten Schuhkarton in einer dunklen Ecke im Heizungskeller meiner Eltern bis zu seiner spektakulären Entdeckung vor sich hin schlummerte.

Es waren Bilder. Dutzende. Hunderte. Bilder, recht ähnlich denen, wie ich sie aus den Familienalben unseres Clans kenne. Schockierendes, mich geradezu paralysierendes Bildmaterial, hervorgekramt an einem verregneten Novembertag im Jahre 2012. Der Schuhkarton war gefüllt mit ganz ähnlichen Bildern eben jener Ereignisse, welche seit Jahrzehnten meinen Werdegang als wohlgenährtes Fotomodell präzise dokumentierten. Sie ähnelten den eingeklebten Bildern mitunter bis ins Detail, mit einem einzigen, gravierenden Unterschied: Ich esse oder trinke auf den Bildern: NICHTS.

Was sich so unspektakulär anhört, ist in Wirklichkeit eine kleine Sensation, und deshalb sage ich es noch einmal mit aller Deutlichkeit: Ich esse auf den Bildern nichts. Ich trinke auch nichts.

Tatsächlich waren es Bilder, die dokumentierten, dass ich als dickes Kind ganz offenbar auch an gesellschaftlichen Ereignissen teilhaben konnte, ohne etwas in mich reinzustopfen! Eines der Fotos zeigt die gleiche Szene vom besagten Kindergeburtstag aus dem Album, vermutlich keine fünf Minuten vor oder nach dem eingeklebten Bild aufgenommen. Es zeigt die gleiche

Meute inklusive meiner Wenigkeit, aber noch habe ich den verdammten Keks nicht in der Hand – oder nicht mehr – das kann ich natürlich nicht genau sagen, aber Fakt ist: Vom Keks fehlt jede Spur. Auf dem Foto sieht alles fast genauso aus, die große Torte, die vielen Kinder … nur ich, ich hab keinen Keks. Keinen Keks! Ist die Tragweite dieser Erkenntnis auch nur annähernd klar?

Ich halte KEINEN KEKS in der Hand. Diese Bilder entlasten mich von einem jahrzehntelangen zerstörerischen Selbstbildnis. Es gibt also tatsächlich keksfreies Bildmaterial von mir. Stattdessen stehe ich unschuldig wie ein Engelchen am Bildrand und lache das Geburtstagskind an (zugegebenermaßen kann es auch sein, dass ich entzückt die große Torte anstrahle, so genau ist das nicht zu sagen, aber das ist nicht der entscheidende Punkt). Die Frage ist doch: Warum verstaubt dieses tolle Bild mit einem dem Zuckergebäck entsagenden Oliver unter Ausschluss der Öffentlichkeit in einem muffeligen Schuhkarton, während das »Olli-mampft-Keks«-Bild den Ehrenplatz im Album bekam? Und es ging noch weiter:

Das Sommerpicknick. Mindestens zwölf weitere Bilder von unserer Familie, wie wir herumtollen und herumkaspern, inklusive meiner Wenigkeit, wie ich beschwingt wie eine Elfe über die Wiese hopple, weit entfernt von der großen Zuckerwasserpulle auf der Picknickdecke. Auf einem der Bilder scheint sogar mein hagerer Cousin nach der besagten Fanta-Flasche zu greifen, unglücklicherweise wurde hier aber der Auslöser eine Millisekunde zu früh gedrückt, als dass man dieses seltene Ereignis tatsächlich hätte fotografisch dokumentieren können. Aber auch hier stellt sich die Frage: Warum zum Henker sieht man im Fotoalbum das Bild mit mir und der Riesenpulle an den Lippen anstatt eines der zwölf anderen Bilder, auf denen ich weder esse, trinke noch sonst irgendetwas tue, was Dicke offenbar auf allen Bilder ganz automatisch tun müssen, um sich einen Platz im Album zu sichern? Ich bin überzeugt, dass es irgendwo auf dieser Welt einen Schuhkarton gibt, in welchem Bildmaterial existiert, das belegt, dass ich auf dem dritten erwähnten Foto, jenem von der ersten Klassenfahrt, das gigantische Eis vermutlich nur kurz für einen Freund gehalten habe und es in Wirklichkeit gar nicht MEIN Eis war. Oder dass ich gezwungen wurde, dieses riesige Eis in den Händen zu halten, einfach nur, damit die Welt das Foto bekommt, das sie erwartet. Ich würde sogar so weit gehen, dass in Kindergärten Eisattrappen aus Pappmaché vorhanden sind, damit man etwas hat, was man den dicken Kindern fürs Foto in die Händchen drücken kann.

Das Ganze riecht doch geradezu nach einem unfassbar riesigen Skandal, einer systematischen Bilderverschwörung, welche besagt, dass Dicke überproportional beim Essen und Trinken fotografiert werden müssen. Vermutlich gibt es ein regelrechtes Kartell der früheren Bildentwickler, die bei der Entwicklung darauf achteten, dass immer die Bilder am schärfsten wurden, auf denen der Dicke isst oder trinkt.

Ich wollte es wissen. Die ganze Wahrheit. Alles endgültig aufdecken. Den Spuren nachgehen, Zeitzeugen befragen, Indizien zusammentragen. Und ich habe da angefangen, wo es am meisten wehtut: bei meiner Mutter. An den Fotografen dieses Klassenausflugbildes konnte ich mich nicht mehr erinnern, aber die Erschafferin der skandalösen Familienalben lebte nur eine Etage über dem belastenden Pappkarton.

Berauscht von den mich vollkommen entlastenden, über dreißig Jahre alten Bildbeweisen, habe ich also meine Mutter umgehend in ein strenges interfamiliäres Verhör berufen, um die ganze Wahrheit endlich ans Licht zu bringen. Ich habe zur Wahrheitsfindung extra Drogen, präziser gesagt Alkohol in Form einer Flasche Portwein besorgt, in der Hoffnung, meine Mutter notfalls auf diesem Wege redselig zu machen. Es ging hier schließlich um die Aufdeckung des größten Skandals seit der Erfindung der Fotografie.

Derart vorbereitet habe ich sie dann mit den schockierenden Indizien konfrontiert und überraschenderweise sofort ein schonungslos offenes Geständnis erhalten. Die Antwort war allerdings derart ernüchternd, dass ich den bereitgestellten Alkohol nun lieber selbst trinken musste. Die Antwort war – das muss man einfach sagen – auch entwaffnend nett: Die Bilder, auf denen ich etwas esse oder trinke, das seien eben einfach die süßesten gewesen … Mehr nicht.

Moment. So einfach sollte es sein? Und was genau soll das heißen? Ich war also nur süß, wenn ich aß? So wollte, so konnte ich das nicht stehen lassen, und so machten wir uns gemeinsam bei einem gemeinsamen Glas Portwein an eine präzise Einzelbildanalyse. Hier und da musste ich, eventuell auch unter der Einwirkung des Alkohols, einräumen, dass es vom Bildaufbau tatsächlich am stimmigsten war, wenn jemand in die Bildkomposition mit all den unruhigen Elementen eines Kindergeburtstages einen sanften Ruhepol als Kontrastelement einbrachte – und so, wie ich da stand und den Keks hielt, so ruhig, kontrolliert und in freudiger Erwartung, da wirkte das Bild eben tatsächlich einfach am besten.

Und auch das Familienidyll auf der Wiese, – das Foto, auf dem mein spargeliger Cousin die Fanta-Flasche zu greifen scheint –: Er ist leider nur im Profil zu sehen und bei seiner dürren Figur damit fast unsichtbar. Aber auf Familienbildern sollen alle gut zu erkennen sein – also doch das Foto mit mir an der Flasche und dem Cousin auf der Wiese. Das alles waren wirklich gute Argumente. Erst recht nach dem letzten Tropfen Portwein. Irgendwann habe mich dann einfach damit abgefunden. Habe meinen Frieden gemacht mit den Fotoalben aus vergangenen Zeiten. Ich habe zwar kurz überlegt, die Bilder im Album auszutauschen, aber … ganz ehrlich … das ist doch, als ob man versucht, im Internet einen Skandal zu vertuschen: So etwas kann nur nach hinten losgehen.

Ich glaube, es würde mir auch etwas fehlen, wenn ich plötzlich völlig ohne Kulinaria im Familienalbum verewigt wäre, und jeder aus der Familie würde mich vermutlich nur noch fragen: »Sag mal Olli, wo ist denn noch einmal dieses eine Bild, wo wir da im Sommer … na ja … dieses Bild, wo du diese Riesenpulle Sprudel am Hals hast …«

*Mein Praxistipp Nr. 19:*
*Bleiben Sie entspannt. Nicht nur Dicke finden sich selbst auf Fotos unvorteilhaft getroffen – das geht vielen Dünnen Gott sei Dank genauso.*

*Auch hier gilt: Arbeiten Sie an Ihrer eigenen Souveränität. Lachen Sie mit den anderen über das »furchtbare« Bild, Sie können es eh nicht mehr ändern, es ist bereits geknipst, und je mehr Sie sich dagegen wehren, desto mehr Anreiz besteht, es sich genauer anzuschauen. Und wenn das nicht hilft: Fuchsen Sie sich in die digitale*

*Bildbearbeitung ein. Das optische Idealgewicht ist dann nur noch ein paar Mausklicks weit entfernt … und wenn Sie es dann schon so richtig draufhaben, verpassen Sie den schlanken Bildprotagonisten auch noch ein paar hässliche Pickel.*

# Kapitel 31

## *Abnehmen mit Teleshopping*

Leider kann ich nicht von mir behaupten, immer intelligent genug gewesen zu sein, den fantastischen Versprechungen des Teleshoppings zu widerstehen. Zu meiner Entschuldigung sei gesagt: Auf Teleshopping fallen nicht nur dicke Zuschauer herein, sondern auch die dünnen, und das hat im Wesentlichen zwei Gründe: Zum einen, weil wir Menschen einen Hang dazu haben, Dinge zu glauben, die wir sehen, selbst wenn wir wissen, dass das so eigentlich nicht sein kann, und zum anderen, weil die in der Regel überaus leidenschaftliche Überzeugung, mit der die Produkte angepriesen werden, eine bisweilen magische Anziehungskraft hat.

Um zu verdeutlichen, was ich meine, hier einmal ein Originalauszug aus einer (zugegeben US-amerikanischen) Werbesession auf dem Teleshoppingkanal. Um die euphorische Stimmung der beiden Moderatoren auch nur annähernd vorstellen zu können, denken Sie jetzt bitte an ein Eichhörnchen auf Ecstasy, oder kippen sich umgehend mindestens fünf Wodka Lemon hinter die Binde. Und schon sind Sie in der perfekten Stimmung für:

FIT UND SCHLANK IN NUR 10 TAGEN!

Und los geht's:

A: – »Fit und schlank in nur zehn Tagen!«

B: – Was? »Fit und schlank in nur zehn Tagen?«

A: – Ja, tatsächlich, »Fit und schlank in nur ZEHN Tagen!!«

B: – Wow, das klingt ja unglaublich einfach. Funktioniert das denn wirklich?

A: – Ja, es funktioniert tatsächlich. »Fit und schlank in nur zehn Tagen!«

B: – Ich bin begeistert, ich hätte nicht gedacht, dass so etwas möglich ist.

A: – Doch. Es ist soooo einfach: »Fit und schlank in nur ZEHN Tagen!!«

B: – Einfach un-glaub-lich!!!

A: – Ja, nicht wahr? Es ist wirklich einfach un-glaub-lich: »Fit und schlank in nur 10 Tagen!«

B: – In 10 Tagen?

A: – Ja, in 10 Tagen.

B: – Das ist ja wirklich fantastisch!

A: – Ja, das ist es.

B: Fit und schlank, in nur ZEHN Tagen. Wow. Das MÜSSEN Sie ausprobieren.

Wer nach diesem – zugegebenermaßen tatsächlich unglaublichen – Dialog nicht selbst einmal in nur ZEHN lausigen Tagen fit und schlank werden möchte, dem kann man vermutlich wirklich nicht mehr helfen – ich wollte es jedenfalls, und wäre sogar bereit gewesen, zwölf bis vierzehn Tage zu warten, bis ich athletisch erschlankt wäre … und habe das »Fit und schlank«-Set, bestehend aus einer Mixtur Avocado Drink Pulver, einfach mal geordert. Und, was soll ich sagen:

ES STIMMT TATSÄCHLICH!

Unglaublich, oder? Aber nicht, dass Sie denken, nun hat es mir endgültig den Verstand geraubt, ich schwöre Ihnen, dass es definitiv keinen Haken bei der Sache gibt. Die wirklich einzige Bedingung, die Sie mitbringen müssen, damit »fit und schlank in nur zehn Tagen« wirklich funktioniert ist: Sie müssen einfach nur bereits vorher fit und schlank sein, damit »fit und schlank in zehn Tagen« funktioniert. Manchmal ist es eben wirklich »unglaublich einfach«, nicht wahr?

Ich hingegen war nach zehn Tagen weder fit noch schlank, was damit zusammenhing, dass ich diese widerlich schmeckenden Avocado Drinks bereits am dritten Tag so dermaßen eklig fand, dass ich vermute, dass diese zur Grundausstattung in Dschungelcamp-Prüfungen gehören – mehr Quälen ging jedenfalls nicht.

*Mein Praxistipp Nr.20:*
*Ich hoffe inständig, dass dieser Tipp nicht wirklich benötigt wird, aber: Wann immer Sie das Wort »Wunderdiät« hören – stellen Sie sich taub.*

*Ihr Verstand weiß doch längst, dass der Mist nicht funktionieren kann, warum will das Ihr Bauch nicht auch endlich mal kapieren? Finger weg von allen Antifett-Pillen, Superpulvern und Schlankheitsdrinks. Aus. Weg. Lassen Sie es einfach ....wie schon gesagt: Sie sind dick, aber nicht dämlich, O. K.?*

# Kapitel 32

## *Abnehmen vor dem Fernseher*

Genau genommen ist das grenzdebile Teleshopping mit Schlankheitskuren zum Runterwürgen nur die derzeit aktuelle Ausprägung eines schon vor langer Zeit etablierten Trends, den Fernseher auch und insbesondere für übergewichtige Sportmuffel zu nutzen. So richtig bewusst geworden sein muss das den Marketingexperten Anfang der 80er Jahre. Auf einmal war es quasi über Nacht ungeheuer populär, in möglichst unvorteilhaften, weil hautengen bunten Klamotten vor den heimischen TV-Geräten rumzuhopsen – das nannte sich Aerobic und entwickelte sich binnen kürzester Zeit zum weltweiten Verkaufsschlager.

Mal wieder waren es also hauptsächlich wir Dicken (und natürlich jeder, der sich dafür hielt), die mit ihrem Geld jedes noch so bescheuerte Aerobic-, Dance- oder Bewegungsvideo auf sperriger VHS-Kassette ins Eigenheim schleppten oder alternativ Synchronhampeln mit Jane Fonda vor der Glotze machten. Der gute alte Spruch »Sex sells« kann also spätestens seit diesen Strampelanzugsvideos um ein »Fat sells even better« ergänzt werden, denn allein die Milliardenumsätze dieser neuen Fitnesswelle hätten gereicht, um drei bis vier gepflegte Mondlandungen plus zwei ausgewachsene Marsmissionen zu finanzieren.

Aerobic war im Kern eigentlich eine recht simple Sache, genauer gesagt ein von dem US-amerikanischen Arzt Kenneth H. Cooper in den 60er Jahren entwickeltes aerobes Training zur Stärkung von Herz und Lunge. Aerobes Training bedeutet dabei im Wesentlichen nichts anderes, als dass dem Körper während des Trainings ausreichend Sauerstoff zur Verfügung steht, um die körperliche Belastung besonders effizient zu gestalten – mit anderen Worten: atme beim Sport. Wow. Ein irres Fitnesskonzept, nicht wahr?

Es spricht nicht gerade für den Menschen, dass eine derart schlichte Erkenntnis zu einem weltweiten Fitnessboom führen konnte, aber letztlich basiert ja alles, was wir tun oder nicht tun, auf ähnlich schlichten Fundamenten. »Friss die Hälfte« zum Beispiel ist ja ebenso simpel, und es ist nur eine Frage der Zeit, bis irgendein pfiffiger Marketingfuzzi dieses Basiswissen für eine neue milliardenschwere Diätkampagne vermarktet. Es würde mich nicht wundern, wenn wir also schon in naher Zukunft alle in die Läden rennen, um die neuen Produkte der revolutionären »FDH-Diät-DELUXE« zu kaufen – in jeder Packung ist immer nur exakt die Hälfte drin, und das zum doppelten Preis. So funktioniert zielgruppengerechtes Marketing.

Ich suche ab jetzt auch nach »the next big one«, und hoffe schon bald mit einer genauso trivialen wie genialen Idee endlich auch den ganz großen Reibach zu machen. Mein bisheriger Favorit: »Atme – wenn dir danach ist.« Nun brauche ich nur noch einen hippen Namen, einen wichtig dreinblickenden Sportmediziner, und schon hab ich den nächsten weltweiten Fitnesstrend etabliert.

# Kapitel 33

## *Abnehmen im Fernsehen – Blick hinter die Kulissen einer Doku-Soap*

Im Jahr 2014 habe ich meine investigative Recherche zum Thema Abnehmen dann endgültig auf die Spitze getrieben und etwas getan, von dem ich mir eigentlich sicher war, dass ich es niemals tun würde – ich nahm an einem TV-Format teil, bei dem es im Wesentlichen darum gehen sollte abzunehmen – und zwar VOR der Kamera. Ähnliche Formate liefen gerade recht erfolgreich auf verschiedenen Sendern, und so kam man natürlich zwangsläufig irgendwann auf die Idee, den Abnehmzirkus auch einmal mit einer Handvoll C-Promis zu versuchen.

Die Formatbeschreibung klang dann auch wirklich verlockend: Unter den Augen einer Ernährungsberaterin und eines Fitnesscoaches sollten die ausgesuchten Prominenten auf einer einsamen Insel auf den Lofoten, irgendwo in Norwegen fern jeglicher Zivilisation, gemeinsam abnehmen. Philosophisch ausgedrückt funktionieren solche Formate nach dem Motto: Das Leben selbst schreibt die schönsten Drehbücher – doch in der knusperzarten TV-Landschaft heißt dieses Motto schlicht: Reality-Format.

Reality-Formate, das muss man kurz erklären, sind Sendungsformate, die so tun, als haben sie etwas mit dem echten

Leben zu tun, sind davon aber ähnlich weit entfernt wie deren Protagonisten vom Nobelpreis in Mathematik. Kurzum: Reality-Formate sind in der Regel ausgesprochen klug gesponnene Laborexperimente, in denen den beteiligten menschlichen Laborratten suggeriert wird, dass sie wüssten, was sie dort tun. Dabei werden sie meist (mal mehr, mal weniger subtil) von außen gesteuert, und wie einst schon im alten Rom zur Belustigung der Zuschauer möglichst gegeneinander aufgewiegelt. Das funktioniert überraschend gut, ganz egal wie die Dschungelcamps oder Big Brothers dieser Welt auch gerade heißen mögen. Noch ein bisschen Ekelfaktor dazu, ein paar peinliche Enthüllungen vor laufender Kamera und schwupps … fertig ist das quotenträchtige Billigfernsehen, und der Zuschauer bekommt die volle Bandbreite menschlicher Abgründe, Intrigen und Zwistigkeiten hübsch zusammengeschnitten und visuell aufbereitet serviert. Damit das bloße Abnehmen nicht zu langweilig wird, sollte das Format mit einer gehörigen Portion Konfliktpotenzial unter den Teilnehmern gewürzt werden –, plus herausfordernde und spannende Challenges bei gleichzeitig streng rationalisiertem Essen und ungemütlichen Nachtquartieren. Dem Gewinner, also demjenigen, der am meisten Gewicht verliert, winkte eine satte Siegesprämie. Nun könnte ich hier lang und breit über die intellektuelle Faszination eines solchen Formates fabulieren, oder auch, dass ich einfach nur »Lust auf die neue Herausforderung hatte«, aber unterm Strich sind Gage und die Aussicht auf das Preisgeld die deutlich ehrlichere Antwort auf die Frage nach dem »Warum«. Dazu kam, dass ich gerade mitten in den Vorbereitungen für dieses Buch hier steckte, und so ergab sich die einmalige Chance, sich vor einem großen Publikum in einer Realityshow zum kompletten Vollidioten zu machen – wer kann dazu schon nein sagen?

Nun ist man als notorischer Übergewichtiger ja gewohnt, sich nach Strich und Faden selbst zu belügen, und so war es natürlich ein Leichtes, mir selbst einzureden, dass es in dem Format ausschließlich darum gehen sollte, unter der Aufsicht von »Experten« abzunehmen und sich und seinen Körper besser kennenzulernen. Aber insgeheim wusste ich, dass die eigentliche Herausforderung für mich darin bestehen würde, nach einigen Tagen des Hungerns keinen meiner Mitinsassen umzulegen und aufzufuttern, wenn mal gerade keiner guckt. Denn ähnlich wie bei einem knuddeligen Mogwai gibt es Regeln, die man im Umgang mit mir unbedingt beachten muss, damit ich nicht ebenfalls zu einem fiesen Gremlin mutiere: immer etwas essen vor Mitternacht, Licht und Wasser sind O. K., aber: unter gar keinen Umständen die ständige Versorgung mit Süßigkeiten gewaltsam unterbrechen.

In vergleichbaren Promi-Formaten werden ja auch sehr gerne Lebensmittel zum Verzehr angeboten, die in unserem Kulturkreis nur sehr bedingt als solche angesehen werden dürften, und so war es mir vor meiner Zusage zur Teilnahme durchaus ein wichtiges Anliegen, zugesichert zu bekommen, weder Krokodilpenisse noch Giraffenhoden auf dem Speiseplan vorzufinden. Auch bestand ich darauf, im Verlauf dieses mehrere Wochen laufenden Experiments nicht auf eine Nulldiät gesetzt zu werden … Dass ich keine Krokodilpenisse oder Kakerlaken-Cocktails verzehren wollte, dürfte sich von selbst verstehen, den Verzicht auf eine Nulldiät hatte ich mir – wie schon angesprochen – zum Schutz meiner Inselgenossen zusichern lassen ... Ich wollte nicht als erster Mensch in die Fernsehgeschichte eingehen, der nach vier Tagen ohne Nahrung aus einem Mitinsassen oder zufällig vorhandenen Toningenieur vor laufenden Kameras über dem Lagerfeuer ein ausgesprochen kannibaleskes Barbecue zubereitet. Da das Konzept – zumindest vordergründig – tatsächlich darauf ausgerichtet zu sein schien, ein wenig für die Figur zu tun, kollidierten meine Bedingungen auch nicht mit den Vorstellungen der Produktion ... was vermutlich auch daran lag, dass Toningineure in Norwegen nicht so leicht zu ersetzen sind, wenn sie erst mal weggefuttert worden sind.

Da war ich nun, ausgesetzt auf den norwegischen Lofoten mit einer bunten Schar Schicksalsgenossen, und das TV-Abnehm-Abenteuer nahm seinen Lauf. Zunächst bekamen wir die Nachtquartiere zugewiesen, und da gab es dann ganz TV-Show-klassisch die beliebte Unterteilung in »Armenquartier« und »Luxusherberge«. Die eine Hälfte unserer Gruppe durfte in der schickeren Luxusherberge einziehen, die anderen, unter anderem meine Wenigkeit, bezogen Quartier im eher spartanisch ausgerüsteten Armenhaus. Nun war das Armenquartier wirklich nicht gerade ein norwegisches Hilton, aber als ehemaliger Reiseleiter für das deutsche Jugendherbergswerk waren spartanische Unterkünfte für mich nichts Besonderes. Und seien wir doch mal ehrlich: Wer MacGyver als ausgewiesenes Vorbild hat, findet doch erst in einer noch ausbaufähigen Umgebung seine echte Erfüllung, nicht wahr?

Meine größte Sorge war, dass ich in dem begrenzten Campareal – das wir ja nicht verlassen durften – mit massiver Langeweile zu kämpfen hätte. Aus diesem Grunde beschloss ich, das Projekt irgendwie auch als Art »Flucht von Alcatraz« anzusehen – die Fokussierung meiner Energie auf den Bau eines passenden Fluchtfahrzeugs sollte mir helfen, mich nicht zu sehr in Konfliktsituationen hereinziehen zu lassen. Im Nachhinein hat das auch ganz gut funktioniert, wenngleich … Sie wissen ja …, wie soll die Laborratte selbst beurteilen, wie gut sie durchs Labyrinth gekommen ist. Im Gegensatz zu anderen Reality-Formaten war das Mitbringen von persönlichen Gegenständen auf die Insel erlaubt, solange es sich nicht um Nahrung handelte. In meinem Falle bedeutete dies, dass ich mein für mich unentbehrliches Zombie-Apocalypse-Survival-Paket mitnehmen durfte – ein Umstand, der für mich maßgeblich zum entspannten Überleben auf der Insel beigetragen hat.

Das Zombie-Apocalypse-Survival-Paket ist eine kleine Werkzeugtasche, welche ich im Laufe meiner Jahre als Reiseleiter in exotische Länder nach und nach um Nützliches und Brauchbares erweitert habe. Neben dem standardmäßigen Multitool Taschenmesser hatte ich dort allerlei Materialien und Werkzeuge reingepackt, die es mir theoretisch ermöglichen würden, auch eine postapokalyptische Zombie-Invasion zu überleben – ich weiß, was Sie jetzt denken.» Was für ein Spinner, was für ein totaler Nerd … Wie bescheuert ist das denn?« Und wissen Sie was? Sie haben vollkommen recht.

Aber dieses kleine Täschchen, vollgestopft mit Kabelbindern, Angelschnur, Alufolie, Sicherheitsnadeln, Klebeband und Draht, hat mir schon so manches Mal entscheidend aus der Not geholfen – sei es nur, um einen Duschkopf in einem runtergekommenen Hotel in Indien zu fixieren oder ein Motorrad im Herzen Afrikas zum Laufen zu bringen. Und ich versichere Ihnen … auch den Toningenieur hätte ich damit problemlos knusprig grillen können. Kurz gesagt: Mit Hilfe dieses unscheinbaren Sammelsuriums von scheinbaren Nichtigkeiten war ich bestens gewappnet für die filmreife »Flucht aus Alcatraz«.

So wenig mich die Unterteilung in Arm und Reich überrascht hatte, so sehr war ich positiv von den eigentlichen Challenges angetan. Die Produktion hatte sich wirklich alle Mühe gegeben, uns mit herausfordernden und spannenden Wettkämpfen ein bisschen aus der Reserve zu locken und sowohl Körper und Geist zu fordern – das hat verdammt viel Spaß gemacht, und ich habe es nicht bereut, das Show-Experiment mitzumachen. Deutlich nerviger waren die täglichen »Interviews«, in denen vorwiegend versucht wurde, Negatives oder Kompromittierendes über die anderen Gruppenmitglieder herauszukitzeln – verständlich, denn die Showdramaturgie verlangt ja vor allem eines: DRAMA, Baby!

Da die dafür eingesetzten sogenannten »Realisatoren« allerdings oft recht plump vorgingen, war es meist nicht allzu schwer, sich in diesen Gesprächen einigermaßen treu zu bleiben und sich nicht in Lästereien über die natürlich vorhandenen Macken eines jeden von uns zu ergehen. Ob mir das wirklich gelungen ist, muss der Zuschauer am Ende selbst beurteilen.

An dieser Stelle mal ein etwas angeberischer, aber gleichwohl notwendiger Rekurs in die Geschichte der Psychologie. Nicht unbedingt lustig, aber gut zu wissen. Im Prinzip sind Formate wie »Big Brother« oder »Das Dschungelcamp« ja nichts anderes als abgewandelte Formen des Standford-Prison-Experiments, jenem Aufsehen erregenden psychologischen Experiment aus dem Jahr 1971.

In diesem Experiment wurden vierundzwanzig Studenten willkürlich in zwei Gruppen unterteilt: In »Gefangene« und »Wärter«. Die »Gefangenen« mussten unterschreiben, dass sie während der Dauer des Experimentes auf einige ihrer Grundrechte verzichten und sich den Weisungen der »Wärter« stets beugen würden. Die »Wärter« ihrerseits wurden mit Uniform, Pfeife und Knüppel ausgestattet und erhielten die Anweisung, dass sie die Flucht oder das Ausbrechen eines Gefangenen unbedingt zu unterbinden hätten. Natürlich sind Intensität und spezifische Ausprägung dieses Experiments nicht immer eins zu eins auf die diversen TV-Formate zu übertragen, aber das Prinzip ist durchaus vergleichbar: Auch auf den Lofoten waren wir komplett von den Produktionsmitarbeitern abhängig und hatten deren Anweisungen stets Folge zu leisten. Die nahezu überall installierten Kameras durften zu keinem Zeitpunkt bedeckt werden, und wenn man die Mikrofone nicht trug oder gegen andere Regeln verstieß, gab es Sanktionen, die alle trafen, ganz gleich, wer welchen Verstoß begangen hatte. Die Mitarbeiter der Produktion wurden ihrerseits angewiesen, keine persönlichen Kontakte mit uns zu unterhalten, und es war uns bei Strafe verboten, den Kamerabereich zu verlassen – und unter keinen Umständen durften wir uns in die Nähe des Überwachungsraums begeben.

Natürlich war es letztendlich eine Art Spiel, und dazu gehören selbstverständlich auch gewisse Regeln. Doch die offensichtliche Beschneidung der Privatsphäre durch die allgegenwärtigen Kameras und Mikrofone sowie unsere massive Abhängigkeit vom Produktionsteam waren dem Mechanismus von Einschränkung und Sanktion im Stanford-Prison-Experiment von 1971 schon sehr ähnlich. Und so sehr ich mich selbst gedanklich auf die Situation eingestellt habe, so überrascht war ich doch von der Reaktion der anderen – vor allem der Veränderung auf Seiten der »Wärter«.

Ein Produktionsmitarbeiter, nennen wir ihn mal »Andreas«, wurde des Öfteren während der Nachtwache eingesetzt und war dann nur mit den norwegischen Nachtwächtern in seinem monitorbestückten Kontrollraum. Eine Machtposition, die seiner Persönlichkeit offensichtlich ganz und gar nicht guttat. Während die meisten anderen aus der Produktion das Ganze eher spielerisch nahmen, war Andreas bereits nach kurzer Zeit zu einer Art strenger Blockwart mutiert, der seine Position auch für gelegentliche bewusste Schikanen nutzte. Ein Gutes hatte es aber doch: Die Überlegung, wen von allen Beteiligten man im Ernstfall denn nun zum Grillen auswählen sollte, hatte sich damit grundsätzlich erledigt.

Dieser Typ war aber tatsächlich schon ein recht schräger Vogel, gerne provozierte er ein bisschen rum, um sich dann in seinem kleinen miefigen Kontrollraum einzuschließen und uns über die Remotekameras wissen zu lassen, wer hier auf der Insel denn das allsehende Auge bedient. Ich hab ihn richtig in mein Herz geschlossen, den kleinen Remotekamerakasper. Für die Raucher im Camp war die Rationierung der Zigaretten wohl das größte Problem, und schon nach wenigen Tagen wurden sie als Druckmittel eingesetzt, um den Camp-Insassen gefügigeres Verhalten anzutrainieren. Hier hatte ich einfach nur Glück, dass ich als passionierter Nichtraucher keinerlei Angriffsfläche für derlei Spielchen bot.

Selbstverständlich hatten einige meiner Showkollegen etliche der Glimmstengel heimlich gebunkert, und der Schwarzmarkt florierte quasi über Nacht. Dies wiederum bekam natürlich auch die Produktionsseite mit und erkannte in den geschmuggelten Zigaretten einen klaren Verstoß gegen die Abmachungen. Zunächst wurde auch sehr freundlich auf die Einhaltung des Rauchverbotes hingewiesen, doch schien dies bei den Rauchern nicht so recht zu fruchten – es wurde weiter vor laufenden Kameras geraucht, als ob es kein Morgen gibt. Es war also nur eine Frage der Zeit, bis die Gegenseite zum nächsten Schlag ausholte. Eines Morgens schickte die Aufnahmeleitung dann eine Art Rollkommando ins Camp, um die illegalen Tabakwaren zu konfiszieren. Da wohl geplant war, das so entstandene Filmmaterial auch in die Sendung einfließen zu lassen, wurden zur Durchsuchung die Ernährungsberaterin Rebekka und der Fitnesscoach George geschickt. George war nicht nur ein ausgesprochen durchtrainierter Kerl der Marke Wesley Snipes, sondern auch ein ausgesprochen guter Motivator und Kumpeltyp. Er hatte sichtlich Probleme damit, sich in der neuen Rolle als böser Bodyguard zurechtzufinden und die Durchsuchung der persönlichen Gepäckstücke durch seine Präsenz abzusichern. Es war in Gestik und Mimik unübersehbar, dass er sich in dieser Rolle sichtlich unwohl fühlte, und während die Ernährungsberaterin Rebecca ganz offensichtlich einen Heidenspaß dabei entwickelte, in jedem nur erdenklichem

Winkel nach Zigaretten zu suchen, entschuldigte sich George in einer Tour für die »Unannehmlichkeiten«. Als sich besagte Rebekka trotz meines deutlichen Hinweises, dass ich ja Nichtraucher sei, dennoch sehr intensiv auch meinen Gepäckstücken widmete, war ich mir nicht mehr sicher, ob das noch zum Teil des Spiels gehörte oder schon eine deutliche und nur schwer zu vereinbarende Verletzung meiner Privatsphäre war – Gepäckdurchsuchungen waren jedenfalls nicht Teil des Deals.

Es ist schon ausgesprochen irritierend, wenn jemand wie von der Tarantel gestochen in deiner Unterwäsche herumwühlt, während ein zwei Meter großer Hüne in der Zimmertür steht und dir den Zugang zu deiner persönlichen Habe verwehrt – selbst wenn er dabei ausgesprochen nett zu sein versucht. Ich weiß nicht mehr genau, was mich mehr irritierte: der sich ständig entschuldigende George oder die hochgradig übermotivierte Ernährungsberaterin, die mit beängstigendem Jagdeifer zur Sache ging. Ihrem Ansehen in der Gruppe hatte sie mit dieser Aktion jedenfalls nachhaltig geschadet – von dem Tag dieser stasimäßigen Durchsuchung an war sie bei uns Teilnehmern eindeutig »unten durch«. Was fast ein bisschen schade war, denn eigentlich war Ernährungsberatung ja ein wichtiger Bestandteil der Sendung.

Aber Spaß hat das Camp als solches trotzdem gemacht. Insbesondere meine nächtlichen Erkundungen der Insel haben mir immer ein kleines bisschen die Befriedigung gegeben, »das System« doch ein bisschen ausgetrickst zu haben.

Ein MP3-Player sorgte nachts für eine entsprechende Atem- bzw. Schnarchkulisse in meinem Nachtlager, und die Kameras im Außenbereich waren meiner Prüfung zufolge nicht mit Infrarotstrahlern ausgestattet, dürften also bei einsetzender Dämmerung weitestgehend blind gewesen sein. Die Kameras im Haus hingegen sollten angeblich zwischen 02:00 und 06:00 sowieso ausgeschaltet sein, doch habe ich dieser Zusage nie so recht getraut – erst recht nicht, wenn unser Freund Andreas im Kontrollraum saß, aber zumindest erhoffte ich mir so ein nächtliches Vier-Stunden-Zeitfenster zur freien Gestaltung.

Ich kann nicht beurteilen, ob meine nächtlichen Trips in die Berge tatsächlich stets unbemerkt geblieben waren, aber zumindest gab es zu keinem Zeitpunkt einen Hinweis darauf, dass ich »aufgeflogen« war. Fakt ist: Ich habe in ausgiebigen Nachtwanderungen unsere Insel ausführlich erkundet, die Tatsache, dass es zu der Jahreszeit auf den Lofoten niemals gänzlich dunkel wurde, erleichterte mir die nächtlichen Fluchten dabei ganz erheblich. Die felsige und zerklüftete Landschaft war wirklich atemberaubend, und die Kletterei hat mir ausgesprochen viel Spaß gemacht – mit dem angenehmen Nebeneffekt, dass ich auch noch massig Kalorien verbrannte und ich somit den täglichen Wiegekontrollen entspannt entgegenblicken konnte.

In der letzten Woche durfte ich dann ganz offiziell einige Stunden in Begleitung unseres Fitnesstrainers in die Berge, und ich musste mir des Öfteren ein Lachen verkneifen, denn George war zwar optisch ein durch und durch fitter Modellathlet, aber eben auch ein ausgewiesener Großstadtmensch. Zwischen Bäumen, Felsen und Geröll herumzukraxeln überforderte ihn erstaunlicherweise massiv, und es wurde sehr schnell klar, dass seine gesamte Power in recht sterilen Fitnessstudios antrainiert war – draußen in der Natur war ich ihm als Profi-Landei überaschenderweise tatsächlich überlegen – Flussläufe,

Wälder und Bäche waren seit frühester Kindheit meine bevorzugten Spielplätze, und auch in vielen meiner Urlaube waren eher naturreiche Gegenden meine bevorzugten Ziele. Wer hätte gedacht, dass ich Jahre später dadurch deutlich schneller und effektiver in einer Abnehm-Reality-TV-Show einen norwegischen Steilhang hochkomme als so ein perfektes Abbild eines Mister Universum? Und so wartete nicht der Fitnesstrainer auf das Moppelchen, sondern der Dicke half dem toptrainierten Fitnessguru auf den richtigen Weg. Ich gestehe: Ich habe diese Momente sehr genossen.

Besonders pikant war, dass George offensichtlich Bedenken hatte, sich zu weit vom Lager zu entfernen, aber ich konnte ihm ja kaum erzählen, dass ich die Gegend nach unzähligen Wanderungen bereits kannte wie meine eigene Westentasche. Als er dann mal erwähnte, wie erstaunlich er es fand, wie zielsicher ich immer den jeweils besten Weg beim Auf- oder Abstieg fände, entschied ich mich fortan hin und wieder auch mal eine kleine Passage »falschen Wegs« einzubauen – ich wollte ja nicht auffliegen. Aber auch tagsüber bei laufender Überwachung erwies sich mein »Fluchtprinzip« als gute Entscheidung. Ich weiß natürlich nicht, was letztendlich alles den Weg über den Schneidetisch der TV-Produktion gefunden hat, aber ich hatte sehr viel Freude daran, mir Pfeil und Bogen zu schnitzen, Türen für das Haupthaus zu bauen, das Mobiliar zu reparieren oder mir aus Treibgut und Strandfundsachen ein kleines Floß zu basteln. Letzteres beanspruchte mein gesamtes Beschaffungstalent, denn Baumaterialien waren auf der Insel nicht gerade üppig gesät. Aber wem der Film »Gesprengte Ketten« (im Original: »The Great Escape«) etwas sagt, der weiß, dass es auch unter schwierigsten Bedingungen möglich sein muss, seine Ziele umzusetzen, wenn man genügend Kreativität freisetzen kann.

Und so begann ich, die mich umgebenden Dinge fortan primär unter der Prämisse zu betrachten, ob und inwieweit sie geeignet wären, meinem Floßprojekt dienlich zu sein. Holz besorgte ich mir von den Resten der Setbauer – denn etliche der Hütten und Zelte für die Produktionsfirma wurden eigens durch diese erstellt, und zu meinem Glück waren da immer ein paar Latten über. Einige Bojen, die wir am Anfang für die Challenges benötigt hatten, lagen verwaist am Strand herum und eigneten sich hervorragend als Auftriebskörper für mein Floß. Zu Beginn schnürte ich die Bauteile mit meinen mitgebrachten Schnüren und Leinen zusammen, denn der Vorrat an Nägeln und Schrauben aus meinem Survival-Kit reichte bei Weitem nicht aus, um ein so großes Floß ausreichend zusammenzuhalten, auch ein T-Shirt habe ich geopfert, um mittels daraus gewonnener langer Stoffstreifen ein recht patentes Schnürwerk zu erschaffen. Doch dann gelang es mir nach und nach einige wunderbare Nägel aus dem Haupthaus zu besorgen – solltet Ihr mal auf der Insel sein, nur ein kleiner Tipp: Lehnt Euch bitte nicht an die Rückseite der Haupthausverkleidung, sie ist etwas, sagen wir mal, instabil geworden.

Natürlich waren auch die Zaunlatten des Zauns um das Camp perfekt zum Floßbau geeignet – entweder nur ihre Nägel oder komplett als Strukturverstärkung des Floßrumpfes –, und niemand fiel auf, dass die Abstände im Lattenzaun im Laufe der Zeit immer größer wurden. Wie schon erwähnt, war es der Produktionscrew ja eigentlich nicht erlaubt, mit uns zu fraternisieren, aber bei den Kulissenbauern und Handwerkern, die gelegentlich im Auftrag der Produktion die Insel besuchten, war mein Floß schon recht bald von großem Interesse, und so freute ich mich hin und wieder über »versehentlich« liegengelassenes Werkzeug oder Baumaterial. Danke an dieser Stelle all jenen Jungs, die mich mit diesen kleinen »Geschenken« immer ein Stückchen weiter brachten. So konnte ich nach und nach meine Schwimmkonstruktion verbessern, und die Suche nach weiteren Materialien füllte von da an immer einen Großteil meines Tagesablaufs. Langeweile trat also nicht auf, und zusammen mit dem Sportprogramm von George, meinen nächtlichen Bergwanderungen und der deutlich gedrosselten Kalorienzufuhr purzelten sogar sehr erfolgreich die Kilos.

Nicht zuletzt wegen meiner kleinen »1401-D-U.S.S. WILSON« (eine maximal nerdige Hommage an »Star Trek« und »Cast Away«) wird der Aufenthalt auf dieser kleinen norwegischen Insel für mich immer ein ausgesprochen spannendes und unterhaltsames Kapitel bleiben. Ich hatte definitiv meinen Spaß, und manchmal eben auch, wenn es kein anderer mitbekam.

*Mein Praxistipp Nr.21:*
*Seien Sie stets vorbereitet auf die Zombie-Apokalypse. Sie stellt zugegebenermaßen zwar ein ausgesprochen unwahrscheinliches Zukunftsszenario dar, aber so sind Sie zumindest gut vorbereitet, wenn Sie einmal auf einer einsamen Insel in den Lofoten ein Fluchtfloß bauen müssen, weil Sie eine TV-Firma für eine Abspecksendung dort ausgesetzt hat – ob das jetzt allerdings viel wahrscheinlicher ist als die Zombie-Apokalypse, muss jeder für sich selbst entscheiden.*

*Eins habe ich aber tatsächlich feststellen können: Ich habe sie gefunden, die perfekte Diät. Alles was ich dafür benötigte, war eine abgeschiedene Insel ohne Supermarkt oder sonstigen Zugang zu kalorienhaltigen Nahrungsmitteln, einen engagierten Fitnesscoach, der Versuch der Totalüberwachung durch eine TV-Produktionsfirma, streng rationiertes Essen und die Aussicht, mit dem Verlust von Kilos auch noch Geld zu verdienen.*

*Abnehmen kann so einfach sein, nicht wahr?*

# Kapitel 34

## *Wissen wiegt schwer*

Manchmal frage ich mich, ob man als Dicker in der heutigen Zeit einfach deshalb unglücklicher ist, weil man inzwischen weiß, wie ungesund das viele Fett ist? Im Prinzip ist es nicht unser schlechtes Gewissen, das uns den Genuss des Schokoriegels verhagelt, sondern das Wissen, dass diese Kalorienbombe unsere Blutwerte versaut und unserem Knochengerüst langfristig schadet. Und dieses Wissen malträtiert uns bei jedem Nachtisch, bei jeder Pizza und bei jeder Tüte Chips. Immer und überall.

Jeder Übergewichtige kann doch aus dem Stand mindestens drei Gesundheitsgefahren durch Übergewicht aufzählen, ganz gleich, ob er davon betroffen ist oder nicht, einfach, weil wir kollektiv wissen, was alles ungesund ist. Ich bin mir sicher, dass das permanente schlechte Gewissen, das uns durch unsere schlanke Umwelt unentwegt auferlegt wird, einen nicht unerheblichen Einfluss auf unser Essverhalten wie auch auf unseren Umgang mit uns selbst hat. Früher war das Schnaufen beim Treppensteigen das einzige Übel, dessen man sich bewusst war, wenn man zu dick war, aber dank des medizinischen Fortschritts ist uns der negative Effekt auf allerlei Blutwerte bei ungesunder Nahrung quasi auf die Stirn getackert – was zu unmittelbarer Frustration führt, gefolgt von einer rasanten Talfahrt des eigenen Selbstwertgefühls, und das, Sie ahnen es …. führt uns direkt in die Arme des nächsten Schokoriegels.

Aus diesem Grunde gibt es inzwischen nicht wenige Fachleute, die uns inzwischen dazu ermutigen, die ungesunden, aber sehr wohlschmeckenden »Genussmittel« durchaus für ihren eigentlichen Zweck zu nutzen: Zum Genuss! Blöd ist nur, wenn ein ausgesprochener Genussmensch wie ich auf ein vielfältiges Angebot passender Süßwaren zugreifen kann und mit schöner Regelmäßigkeit den Genuss auch wirklich genießt.

# Kapitel 35

## *Das Zigarettenpausenparadoxon*

In den neunziger Jahren hatte ich einmal eine Zeit lang einen klassischen Bürojob in einem Großraumbüro. Alles war bestens, tolle Kollegen, netter Chef und ein ruhiger Job am Computer. Ich war wirklich sehr zufrieden mit der Arbeit, nur eines habe ich nie hinbekommen: Die betrieblich geförderte Gleichstellung des Schokoriegels mit der Zigarette.

Unsere Gesellschaft hat sich wunderbar darauf verständigt, Zigaretten als gesellschaftsfähige Suchtmittel anzuerkennen, das Suchtpotenzial von Schokokeksen aber weiterhin zu leugnen – kein Mensch wird merkwürdig angeguckt, wenn er mitten im intensivsten Meeting mal in die Runde fragt: »Boah ... ich brauch jetzt unbedingt 'ne Kippe – kommt jemand mit auf eine kurze Zigarettenpause?« In der Regel marschieren dann drei, vier Kollegen mit vor die Tür, stecken sich eine Zigarette in den Mund und machen ein gemütliches Nikotinpäuschen.

Tatsächlich ist es so, das Zigarettenpausen gesellschaftlich so gut verankert sind, dass ein Aufschrei des Entsetzens und des Protestes durch die Büroflure hallte, als der Arbeitgeberverband im Zuge der rauchfreien Arbeitsplätze einmal verlangte, die Zigarettenpausen zu verbieten. Durchgekommen sind sie damit freilich nicht, die Zigarettenpause ist so fest in uns zementiert wie das Grundgesetz.

Ich hingegen wurde immer etwas komisch angeguckt, wenn ich mal aufsprang und rief: »Boah … ich brauch jetzt echt unbedingt was Süßes. Kommt jemand mit auf eine kurze Kekspause?« Unnötig zu erwähnen, dass ich meist allein draußen vor der Tür stand, um meinen Knusperkeks zu verdrücken. Aus irgendeinem Grund sieht es aber sehr komisch aus, wenn ein einsamer Dicker vor der Tür während der Arbeitszeit einen Schokokeks mampft, während die quarzenden Kollegen hingegen quasi natürlich und vollintegrativ zur Bürodeko zu gehören scheinen. In meiner gesamten Bürozeit habe ich es nicht ein einziges Mal erlebt, dass der Chef über die paffenden Kollegen vor der Tür meckerte, während meine harmlosen Schokoladentafel-Pausen für durchdringende, missbilligende Blicke sorgten. Ich nenne dies »das Zigarettenpausenparadoxon«. Lustigerweise wurde mein Verhalten umso mehr toleriert, je mehr Raucher ich als Beisteher zur Kurzpause für meinen Snack gewinnen konnte – irgendwie scheinen rauchende Menschen für Vorgesetzte immer noch mit der Arbeit beschäftigt zu sein, während der essende Angestellte sich ganz offensichtlich auf Kosten der Firma vor der Arbeit drückt – das verstehe, wer will, ich nicht.

Noch absurder wird es, wenn man anfängt, Schokolade einfach so zu umschreiben, wie es Weinliebhaber mit ihrem Lieblingsgetränk tun. Weinkenner versuchen sich ja ganz offenbar gegenseitig mit den beklopptesten Umschreibungen ihres vergorenen Traubensaftes zu überbieten, anders kann ich mir die ein oder andere Formulierung nicht mehr erklären.

Jede noch so versteckte Eigenschaft eines guten Tropfens

wird in so absurd blumige Worte verpackt, dass ich allein schon deshalb gerne auf Weinverkostungen gehe, weil ich dort in kürzester Zeit so viele Ideen für eine Comedy-Nummer bekomme wie in keinem kreativen Brainstorming der Welt.

*»Ahhh .... was für ein Bouquet ... Die Farbe ist zartgelb, gelegentlich mit goldgelben Reflexen. Im Aroma zeigt sich ein fruchtiger Duft, der zarte würzige Komponenten enthält. Weine aus guten Mostgradationen können extrareich, vollmundig, bisweilen mandelartig schmecken ... er passt gut zu Teigwaren, Reisgerichten und leicht zubereitetem Fisch.«*

In guten Weinhandlungen sind derlei erquickende Gespräche keine Seltenheit, aber gehen Sie mal in einen Süßwarenladen, beißen Sie herzhaft in eine Tafel Schokolade Ihrer Wahl und schwärmen Sie dann vor der Verkäuferin mit leuchtenden Augen:

*»Ahhh .... was für ein Bouquet ... die Farbe ist rehbraun, gelegentlich mit tiefschwarzen Reflexen. Im Aroma zeigt sich ein vanilliger Duft, der zarte sahnige Komponenten enthält. Schokoladen aus guter Fermentierung können extrareich, vollmundig, bisweilen nussig schmecken ... passt eigentlich immer und zu allem, am besten als Nachtisch oder abends auf dem Sofa.«*

Wenn Sie dazu noch herzhaft laut schmatzen, gurgelnd und lautstark viel Luft einsaugen und am Ende die halb zerkaute Schokolade in den Regenschirmständer spucken, haben Sie zwar im Wesentlichen nichts anderes gemacht als ein angesehener Weinfachmann, dürften aber noch nicht einmal im Ansatz mit einer vergleichbaren Anerkennung rechnen, sondern viel eher recht schnell in der geschlossenen Psychiatrie enden.

Wer vergorene Traubensäfte beschreibt wie Prinzessin Lillifee auf Koks, darf sich in unserer Gesellschaft Weinexperte oder gar Sommelier nennen und genießt die Anerkennung in den höchsten Kreisen. Wer sich aber im Schokorausch zu schwurbeligen Lobeshymnen der Kakaoverehrung hinreißen lässt, muss aufpassen, nicht als kompletter Vollidiot dazustehen.

*Mein Praxistipp Nr.22:*
*Akzeptieren Sie das Zigarettenpausenparadoxon als vom Universum gegeben. Versuchen Sie nicht, eine Akzeptanz für Ihre Schokosucht bei Ihren Kollegen zu erreichen, Sie werden scheitern. Fehlt Ihnen das Selbstbewusstsein, mit dem Schokoriegel in der Hand vor die Tür zu gehen, oder fehlt Ihnen der Kommunikationsanteil der Raucherpause, empfehle ich Ihnen schlicht und ergreifend Schokozigaretten. Sie werden sehen, viele Kollegen werden es noch nicht einmal bemerken, dass sie Ihre Zigarette essen, statt sie zu rauchen. Und was die Schokoladenverköstigung angeht: Schwelgen Sie besser im Stillen – die Welt ist einfach noch nicht reif genug für echte Schokoladensommeliers.*

# Kapitel 36

## *Süße Tagträume*

Manchmal denke ich, dass schlanke Menschen mit meiner Sehnsucht nach Schokolade vollkommen überfordert sind. Es ist jetzt vielleicht eine Beichte, die auch anderen Dicken hilft, aber wenn man so will, ist dies jetzt der Moment meines ganz persönlichen Coming-outs: Ja, ich träume gelegentlich von Schokolade. Und das sind schöne Träume.

Lachen Sie ruhig, mir ist schon klar, dass derlei Träume bei dünnen Menschen ohne Heißhunger auf Süßigkeiten nicht auf Verständnis stoßen werden, aber es gibt Situationen, in denen mir ein Schokoriegel als das absolut erstrebenswerteste Gut auf Erden erscheint. Natürlich wäre ich niemals so blöd, den Schokoriegel zu wählen, wenn man mir als Alternative einen Sportwagen hinstellen würde, aber es gibt Situationen, in denen diese Entscheidung zumindest auf der Kippe stehen würde.

Zwar ist mir theoretisch durchaus klar, dass der Verkauf dieses Sportwagens den Erwerb von tausenden Schokoriegeln ermöglichen würde, allerdings gibt es tatsächlich Momente, in denen die kognitive Leistung meines Gehirns unter der Abwesenheit von Schokoladenerzeugnissen derart signifikant leidet, dass es fraglich wäre, ob ich wirklich noch vernünftig entscheiden würde. Oder anders gesagt: Ich leide manchmal so stark unter Entzugserscheinungen, dass ich für einen Schokoriegel zu komplett irrationalen Handlungen fähig bin.

Besonders in Stresssituationen führt eine Unterbrechung der Schokoladengrundversorgung bei mir zu einem deutlich erhöhten Aggressionspotenzial. Zu Ämtern und Behörden gehe ich zum Beispiel grundsätzlich nicht mehr ohne ausreichenden Vorrat an Schokoriegeln – schließlich möchte ich mich ja nicht als Amokläufer in der Tagesgazette wiederfinden, nur weil mir ein Schokoladenprodukt für lächerliche fünfunddreißig Cent als spontane Kriseninterventionsmaßnahme gefehlt hat. Klassische Problemzeiten sind auch Urlaube in heißen Ländern, in denen die Schokoladenversorgung nicht wirklich zuverlässig gesichert ist. Da ich früher als Reiseleiter tätig war, weiß ich nur zu gut ein Lied davon zu singen.

Ich erinnere mich noch wie gestern an einen ZWEITÄGIGEN Ausflug in die Namibwüste, an dessen anstrengendem Ende ich mich fast in einem handfesten Streit mit einem der Gruppenteilnehmer befand, nur weil dieser dezent dehydrierte Depp der festen Überzeugung war, auf den Sandhügeln am Horizont ein großes Glas kühles Bier zu erkennen – was für ein Idiot. Das war natürlich nur eine Fata Morgana! Tatsächlich befand sich dort ein großer Schokoladensee, mit darauf schwimmenden Keksen und darin treibenden Nussstückchen …

Es ist bewiesen, dass ein Mensch etliche Tage, sogar Wochen ohne Nahrung auskommen kann, ohne Wasser immerhin noch einige Tage – wie lange ich hingegen ohne Schokolade auskommen kann, ist leider bislang noch nicht Gegenstand wissenschaftlicher Untersuchungen gewesen, obwohl auf diesem Gebiet Nobelpreise warten. Am Ende der anstrengenden Wüsten-Wandertour freuten sich die meisten Teilnehmer jedenfalls auf ein Getränk, auf eine Dusche oder das weiche Hotelbett – ich hingegen war erst wirklich glücklich, als ich einen vollkommen überteuerten importierten europäischen Schokoriegel in meinen Händen hielt.

*Mein Praxistipp Nr.23:*
*Für Reisen ins Ausland gibt es inzwischen umfangreiche Checklisten für Reisedokumente, Medikamente und Impfungen. Ich plädiere seit Jahren für die Ergänzung der Unterlagen um den sogenannten Schokoladenatlas – eine Weltkarte über die planetare Verfügbarkeit von beliebten Süßigkeiten.*

*Gut ist: Jede Kultur hat ihr eigenes Naschwerk, also bleiben Sie neugierig und offen für Neues – mitunter stoßen Sie dadurch auf*

*Reisen in völlig neue Süßwaren-Dimensionen vor, aber haben Sie um Himmels willen immer eine Notfallration Ihrer Lieblingsschokolade dabei – es könnte Ihr Leben retten.*

# Kapitel 37

## *Und noch mal zurück zur Natur*

Ich will mitnichten meine Mitschuld an meinem Übergewicht leugnen, aber ich komme einfach nicht umhin, noch einmal bei Mutter Natur anzufragen, warum sie in all den Jahren experimenteller Evolution eigentlich nie etwas wirklich Brauchbares gegen die Fettleibigkeit hervorgebracht hat?

Es gibt doch nun wirklich die irrsten und verrücktesten Geschöpfe, die wildesten Fress- und Paarungsrituale, aber es gibt kein einziges Tier und keine einzige Pflanze, die sich aktiv und umgehend gegen Übergewicht einsetzen lässt. Warum eigentlich nicht? Ich meine, so ganz simple Kreaturen wie Mücken zum Beispiel. Warum saugen die eigentlich Blut und nicht Fett? Fettmücken wären im Nu die beliebteste Spezies aller Wohlstandsgesellschaften, denn vermutlich wäre jeder Dicke mehr als b(e)reit, sich von den kleinen Fettsaugern mal so richtig durchstechen zu lassen. Statt mühseligem Abhungern in überteuerten Wellness-Oasen würde schon ein Campingausflug mit Übernachtung am Seeufer um die Ecke wahre Wunder wirken.

Gut, für den klassischen Hungerhaken könnte der Aufenthalt im Freien damit zur existenziellen Bedrohung werden, spätestens dann, wenn er durch Zufall in einen Schwarm hungriger Fettmücken geraten würde, aber das ist ein anderes Thema –

wir Dicken fänden die Fettmücke jedenfalls wunderbar. Das würde natürlich auch für Fettegel gelten. Aber auch diese Biester haben es leider nur auf unser Blut und nicht unsere Plauze abgesehen. Blutegel werden in der Medizin schon vielfältig eingesetzt, warum also, liebe Mutter Natur, hast du keine Fettegel im Angebot? Einmal wöchentlich zum Heilpraktiker zur Fettegeltherapie, und der nächsten Sahnetorte stünde nichts mehr im Wege.

Man stelle sich einmal vor, mit wie viel Begeisterung statt Ekel wir im Sommer einem dieser am Bein festgesaugten Tierchen begegnen würden, wenn man gerade aus einem Baggersee steigt. Bei entsprechendem Befall wäre Schwimmen dann sogar doppelt diätisch erfolgreich: Einerseits natürlich durch die sportliche Betätigung, darüber hinaus dann aber auch durch die fettsaugenden Glitschviecher am Körper. Eine tolle Vorstellung: Man geht mit dreißig Kilogramm Übergewicht ins Wasser und kommt rank- und schlankgesaugt mit Idealgewicht wieder an Land. DAS wäre mal effektiv. Aber nein, auch solche Fettegel gibt es ja nicht. Da denkt man immer, Mutter Natur wäre so wahnsinnig effizient und kreativ, aber wenn's ums Dicksein geht, hatte die Evolution offensichtlich den totalen Blackout.

Sicherlich könnte man einwenden, dass es gerade im Bezug auf die Fettmücke das ein oder andere quantitative Hindernis zu umschiffen gibt, denn gemessen an der Menge Blut, die eine einzige Mücke mittels eines Stiches aufnimmt, dürfte man für den Verlust eines einzigen Kilos Fett einen Mückenschwarm von ca. 500 000 Tieren und die daraus resultierenden 500 000 Stiche erdulden müssen – unterm Strich könnte die Kosten-Nutzen-Rechnung (oder besser gesagt die Juckreiz-Abspeck-Rechnung) sehr bescheiden ausfallen.

*Mein Praxistipp Nr.24:*
*Wenn Sie umfassende Kenntnisse in der Genetik haben, warten Sie nicht mehr länger. Spielen Sie Gott. Werden Sie aktiv. Kreuzen Sie Blutegel und Stechmücke und implantieren Sie eine genetische Lust auf Fettzellen rein. Dicke Menschen dieser Erde und vermutlich alle übergewichtigen Exemplare aller Spezien des gesamten Universums werden Sie lobpreisen und Ihnen huldigen. Für immer.*

# Kapitel 38

## *Ernährungsberater und Fitnessgurus*

In der kunterbunten Welt des Übergewichts gibt es neben der beeindruckenden Bandbreite an Schlankheitsmitteln, Fitnessgeräten und Diätrezepten sogar ganze Berufsgruppen, die ihre komplette Daseinsberechtigung ausschließlich uns Dicken zu verdanken haben. Fitnesstrainer und Ernährungsberater. Oder, wie ich sie nenne: des Teufels treuste Folterknechte und die militanten Kühlschrankterroristen.

Diese quasi symbiotischen Lebensformen existieren einzig und allein, weil man als Übergewichtiger ständig und überall eben exakt jener Definition unterliegt, die uns gleichermaßen kennzeichnet wie auch stigmatisiert: Übergewicht!

Ich habe etliche Ernährungsberater kennengelernt und bin immer wieder erstaunt, dass viele dieser Lebensmittelenzyklopädien »dick sein« offenbar auch gerne immer mal wieder gleichsetzen mit »vollkommen unterbelichtet sein«. Anders ist es nicht zu erklären, dass mir schon oft mit hochgradig übermotiviertem Gesichtsausdruck erklärt wurde, dass Schokolade am Abend tatsächlich dick macht, ein lockeres Körnermüsli mit Magerquark am Morgen hingegen ein »prima Start in den Tag« ist. Ganz ehrlich: Ein »Schüsselchen« Magerquark mit untergerührten klumpigen Körnerbröckchen ist für mich mitnichten ein »prima Start in den Tag«, es sei denn, ich habe vor, mich noch im Laufe des Vormittags von der nächstbesten Autobahnbrücke zu schmeißen – dann, und nur dann ist so ein Frühstück ein »prima Start in den Tag«.

Ich kenne wahrlich nicht viele Möglichkeiten, meine charakterlich bedingte, eh schon miese Morgenlaune noch nachhaltiger zu ruinieren als mit Müsli und Magerquark. Das hält selbst meist hochgradig beratungsresistente Ernährungsberater nicht davon ab, mir die physiologischen Vorteile dieser leichten morgendlichen Kost rauf und runter zu beten, und deshalb möchte ich dieses Buch und insbesondere dieses Kapitel einfach auch nutzen, um allen Ernährungsberatern dieses Planeten kurz und knapp eine essenzielle Weisheit über mich zu verkünden: Ich esse Nussnougat-Creme zum Frühstück, weil es mir besser schmeckt. Ich weiß, es ist scheiße und ungesund, aber: Es schmeckt mir einfach besser. So einfach ist das.

Mir ist auch vollkommen bewusst, dass ein böses Weizenmehlbrötchen mit Butter und Marmelade ernährungstechnisch kacke ist, aber es schmeckt mir einfach gut. Und wisst ihr was? DAS ist ein prima Start in den Tag. Und wenn ich morgens eines ganz sicher brauche, dann einen guten Start in den Tag, der sich auch anfühlt wie ein guter Start in den Tag. Irgendwie scheinen aber Ernährungsberater notorisch zu glauben, nur weil ich dick bin, bin ich auch vollkommen dämlich. Sind die wirklich der Meinung, dass inzwischen nicht jeder halbwegs intelligenzbegabte Übergewichtige ganz genau weiß, wo welche Kalorien drinstecken? Nicht nur, dass es inzwischen auf nahezu jeder verdammten Verpackung steht, nein, wir haben darüber hinaus allesamt lebenslange Erfahrung darin, uns schlecht zu ernähren.

Tatsächlich sind Ernährungsberater meine erklärten Todfeinde, solange sie mir ständig immer und immer wieder einzureden versuchen, dass ein herzhaftes Salatblättchen ganz wunderbar den Schokoknusperriegel ersetzen kann – KANN ES NICHT! Ich schreibe es gerne noch einmal für alle, die es immer noch nicht kapiert haben: K A N N  E S  N I C H T !!!!!!

Wenn man auf Schokolade steht, schmeckt Salat eben nicht juppi-duppi-duh, ganz egal, was für »raffinierte Rezeptideen« und »pfiffige Verfeinerungen« reingeschnipselt werden. Das Einzige, was einen Schokoriegel wirklich vollwertig ersetzen kann, ist ein anderer Schokoriegel. Diese grundsimple Logik sollte doch auch irgendwann einmal beim landläufigen Ernährungsberater durchsickern … Es ist jedoch mitnichten so, dass ich diese Position aus irgendwelchen ideologischen Gründen vertrete, sondern einzig und allein aus rein geschmacklichen Gründen, und so sage ich aus tiefstem Herzen: Sollte es tatsächlich irgendwann einmal Ernährungsberater geben, die gesunde Lebensmittel im Portfolio haben, die mich genauso orgiastisch befriedigen wie hundert Gramm beste Vollmilchschokolade, dann eilt nur herbei, ich werde Euch mit Schokotalern übergießen und Euch in einer mit Haferflocken ausgeschlagenen Sänfte über ein Vollkornbrot eurer Wahl tragen … aber bis dahin … Lasst mich einfach in Ruhe, O. K.?

Eine zweite Berufsgruppe, die mich schon beim Anblick zu einem potenziellen Kandidaten für ein dreitägiges Anti-Aggressionsseminar macht, sind sogenannte Fitnesstrainer, vornehmer auch Personal Trainer genannt. Diese grundsätzlich bis in die Haarspitzen durchtrainierten Vorzeigeexemplare der Gattung Homo sapiens haben all das, was ich leider viel zu wenig habe:

Disziplin, Spaß, sich selbst zu quälen, und Respekt vor dem eigenen Körper – mit dem Ergebnis, dass sie leider über einen meist ausgesprochen formidablen verfügen. Zu allem Überfluss ermöglichen ausgerechnet wir Dicken diesen Vorzeigekreaturen auch noch ihre berufliche und finanzielle Existenz – indem wir sie dafür buchen, uns nach Strich und Faden durchzufoltern – absurder geht es doch kaum noch.

Fitnesstrainer haben meines Erachtens auch kein Herz im herkömmlichen Sinne, sondern ein perfide funktionierendes Multifunktionsorgan, das während einer Moppelfolterstunde zu einem blutleeren kalten Klumpen Eis mutiert und jegliche Empathie mit dem zu quälenden Objekt vollständig verhindert. Einige der prominentesten Vertreter der Gattung »Fitnesscoach« sind zudem Menschen, die ich gemeinhin mindestens als verhaltensauffällig, manche davon sogar als eindeutig verhaltensgestört einordnen würde. Ich weiß nicht, welche Art von massivem Liebesentzug diese bedauernswerten Kerlchen in frühester Kindheit erleiden mussten, damit aus ihnen im späteren beruflichen Leben so verzweifelte Liebhaber des harschen Kasernentons werden, aber bei derartiger Behandlung reagiere ich grundsätzlich angemessen kindgerecht: Ich werde bockig. Und zwar ausgesprochen bockig. Das mag daran liegen, dass ich als prinzipiell eher pazifistisch eingestellter Mensch auf sinnfreies Bootcamp-Drillseargent-Gehabe ausgesprochen allergisch und bei fortgesetzter Anbrüllerei gänzlich unpazifistisch reagiere und so ein nerviges Brülläffchen mit Allmachtsfantasien vermutlich rechtzeitig unter Einsatz meiner durchaus stattlichen Biomasse in die nächstbeste Weichbodenmatte drücken würde – das wäre zwar definitiv eine sportliche Leistung, würde wohl aber zum

Verlust meines Fitnesstrainers führen, was strafrechtlich vermutlich nicht ignoriert werden würde.

Ein »Ich-mach-Dich-runter-du-Stück-Scheiße«-Motivator vom Schlage eines Detlev D. Soest kommt für mich also nicht infrage, denn warum ich mich von jemandem beschimpfen und anschreien lassen soll, den ich dann dafür auch noch bezahle, wird sich mir nie erschließen. Auf der anderen Seite ist mein innerer Schweinehund schon ein recht gerissenes und ausgesprochen arbeitsfaules Mistvieh und bedarf demnach doch irgendwie einer gewissen Dominanz, um den dazugehörenden Körper zur notwendigen Trainingseinheit zu bewegen.

Der Zufall spülte mir dann passenderweise genau so einen Personal Trainer ins soziale Netzwerk, und so beschloss ich, den unübersehbaren Wink der Schicksalsgöttin zu befolgen und es nun doch einmal mit so einem Schleifer zu probieren – investigativer Journalismus bedarf eben auch des einen oder anderen persönlichen Opfers.

Und es wurde geopfert. Genauer gesagt wurde ICH geopfert. Und das bis zu dreimal die Woche. Ich habe geschwitzt, gestöhnt, gehechelt und gejapst, ich wurde gefoltert, gequält und sportlich an den Rand meiner Möglichkeiten getrieben, und manchmal auch deutlich darüber hinaus. Das alles unter den stets wachsamen Augen meines Personal Trainers Torsten. Dummerweise eignete sich Torsten so ganz und gar nicht, um meine sorgsam gepflegten Vorurteile über Fitnesstrainer zu bestätigen, denn anstatt mich anzubrüllen und runterzumachen, hat dieser hinterhältige Mistkerl einfach meinen Ehrgeiz und Spieltrieb missbraucht, um mich Dinge tun zu lassen, die ich unter normalen Umständen nur mit Motorkraft bewerkstelligen würde. Es gab Zeiten, da hätte ich mir ein bisschen idiotische Anbrüllerei gewünscht, einfach nur, um der Sache endlich ein Ende bereiten zu können, aber nein, dieser Mistkerl setzte weiterhin auf eine höchst perfide Mischung aus Motivation und Lob, um mich zu immer neuen Höchstleistungen anzutreiben. Ich gebe zu, damit hatte ich nicht gerechnet, es bzw. er hatte mich quasi eiskalt erwischt. Und obwohl meine eigentliche Recherchezeit längst vorbei ist, trainiere ich nun hin und wieder mit meinem ganz persönlichen Folterknecht und frage mich insgeheim immer noch, wie er es immer wieder schafft, dass ich die absurdesten Tätigkeiten mit wachsender Begeisterung erledige, als Höhepunkt sogar im Schottenrock mit Baumstämmen werfe … aber das ist eine andere Geschichte.

*Mein Praxistipp Nr.25:*
*Wissen Sie was? Versuchen Sie es tatsächlich einmal mit einem Personaltrainer. Die Motivation, die Ihnen ein gutes Exemplar dieser Spezies vermitteln kann, hatte ich vollkommen unterschätzt. Bei mir funktioniert das ständige Anfixen des angeborenen Spieltriebes, um mich zu sportlichen Höchstleistungen zu motivieren, tadellos. Aber selbst wenn Sie bei der Arbeit mit Ihrem Personaltrainer merken, dass Sie mehr auf Anschreien, Niedermachen und Schmerzen stehen – was soll's? Und wenn es dann mit dem Sport nicht klappen sollte, pimpen Sie mit diesen Erkenntnissen einfach Ihr Sexleben auf.*

# Kapitel 39

## *Missverständnisse beim Breitensport*

Leider muss man als Übergewichtiger akzeptieren, dass die physikalischen Rahmenbedingungen auf unserem Planeten in gewissen Bereichen stark diskriminierend sind. So richtig deutlich wird das immer wieder beim Sport. Zwar gibt es durchaus Sportarten, für die eine exzessive Körperbeplankung eher förderlich ist, wer jedoch in seiner Freizeit nicht jeden Tag in einem Sumo-Ring mit Salz um sich werfen will, der betätigt sich zumindest in hiesigen Kulturkreisen eher mit sportiven Herausforderungen, die ganz zweifelsohne von Schlanken für Schlanke entwickelt wurden. Wasserski zum Beispiel.

Für drahtige Athleten ist das ein fröhliches Auf-dem-Wasser-Dahingleiten, für das Moppelchen an der Leine wird das Ganze allerdings schnell zu einer unfreiwilligen Tauchfahrt. Ich habe bei diversen Wasserskifahrten schon ganze Baggerseen leergesoffen bei dem Versuch, endlich *auf* die verdammte Wasseroberfläche zu gelangen, anstatt in einmeterfünfzig Tiefe kilometerweit durch die Brühe zu pflügen.

Abgesehen davon, dass Sie als XXL-Wasserskifahrer eine Zugmaschine benötigen, die ähnlich stark motorisiert ist wie die »Queen Elizabeth«, bedeutet der massive Wasserdruck auf Ihrem Körper auch immer eine Maximalbelastung für Ihre

Arme – ich glaube, mit Fug und Recht behaupten zu können, dass ich dank intensiver Wasserskifahrten inzwischen Bizeps wie Popeye bekommen habe und in der Lage wäre, einen Leopard II Panzer durch bloßes Festkrallen daran zu hindern, eine Steilklippe hinunterzufallen.

Eine weitere Sportart, um die ich als Schwergewicht lieber einen weiten Bogen mache, ist »Bungee-Jumping«. Ein normalgewichtiger Freund von mir erzählte mir einmal, dass er nach einem Sprung tagelang Kopfschmerzen gehabt hat.

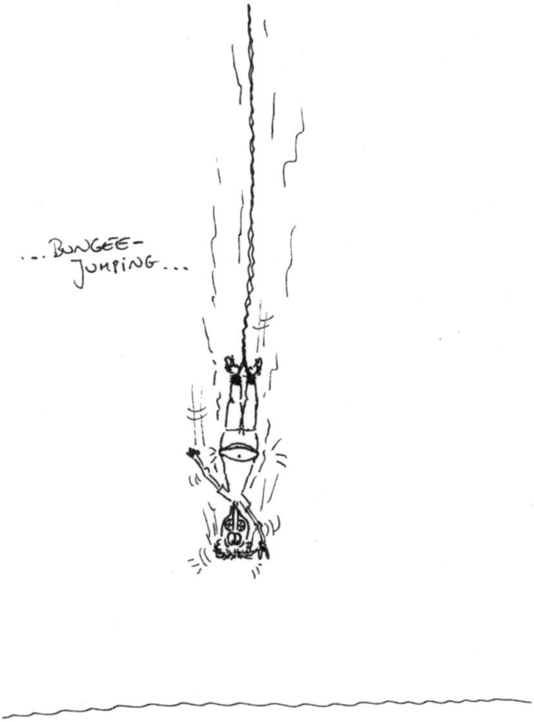


Ich wage mal die Vermutung, dass die Folgen eines Bungee-Sprungs bei einer Person meines Kalibers nicht unbedingt mehr unter die Definition KOPFSCHMERZEN einzuordnen wären, sondern eher unter Asphaltausschlag.

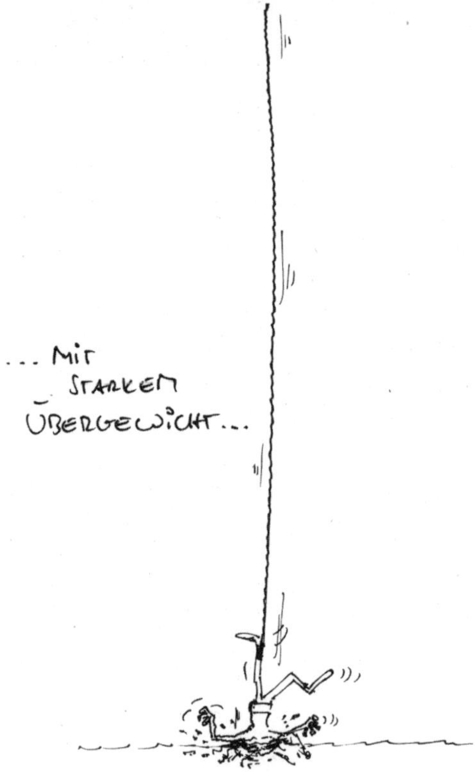


Eine ebenso unschöne wie unnötige Vorstellung. Kein halbwegs normal denkender Rundkörperbesitzer käme auf die absurde Idee, sich mit all seinem Körpergewicht der Willkür eines Gummibandes auszusetzen ...

Auch andere Sportarten haben bereits im Namen etwas sehr Abschreckendes, wenn man sich selbst als eher stabil konstruiert definiert. »Ultraleichtfliegen« zum Beispiel treibt das auf die Spitze des Machbaren. Ich würde vermutlich schon innerlich zusammenzucken, wenn mir jemand anbieten würde, »leicht zu

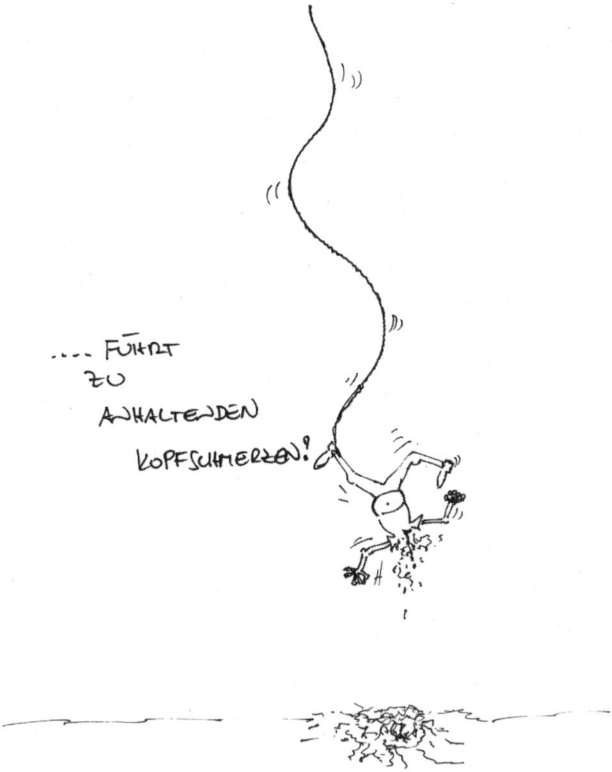


fliegen«, aber ULTRA-Leichtfliegen ist für mich ja bereits namentlich die Maximierung eines Widerspruchs in sich. ULTRA-Leichtfliegen kommt für mich in etwa so infrage wie Fellmützenhäkeln in der Namibwüste.

Und derlei euphemistische Namensgebungen gibt es quasi wie Sand am Meer, und das paradoxerweise in einem Bereich, der auf den irreführenden Namen »Breitensport« hört. Ironischerweise finden wir gerade im Breitensport den Bereich der »Leichtathletik« … ein echter Wortwitz, erst recht, wenn man dann mit hundert Kilo aufwärts an den »Schwebebalken« spaziert. Sie sehen, es gibt viele Sportarten, in denen wir uns bereits aufgrund der Namensgebung deplatziert fühlen, und es wurde allerhöchste Zeit, dass jemand mal diese sprachlichen Diskriminierungen zur Sprache bringt – finden Sie nicht auch?

# Kapitel 40

## *Die Krankenhausdiät*

Eine Möglichkeit zum radikalen Gewichtsverlust habe ich bisher noch nicht beschrieben, dabei ist der Besuch beim Schönheitschirurgen ja für einige Zeitgenossen schon so geläufig wie für normale Menschen der Gang zum Zahnarzt. Für eine adäquate Beurteilung dieser Möglichkeiten bedurfte es also auch hier einer intensiven Recherche, und selbstverständlich habe ich keine Kosten und Mühen gescheut, mir durch selbstlosen Einsatz ein Bild von den Möglichkeiten der modernen Chirurgie zu machen.

Die Vorgehensweise beim Fettabsaugen waren mir dank einschlägiger TV-Magazine schon leidlich bekannt, doch muss ich gestehen, dass ich Bilder von Ärzten, die mit langen blutverschmierten Edelstahlröhren in den Körpern der Patienten rumstochern wie Straßenarbeiter, die gerade die Kanalisation durchspülen, nicht gerade als ermutigend ansehe. Aber was hilft's – für Ruhm und Ehre und die Vorstellung, den Operationssaal drahtig-erschlankt zu verlassen, hieß es also: Auf ins Krankenhaus.

O. K. … ich gebe es zu, ich habe mich natürlich nicht unters Metzgermesser gelegt, um mittels der plastischen Chirurgie überschüssige Pfunde wegschnippeln zu lassen, so ambitioniert war und werde ich dann doch wohl niemals sein. Allerdings kenne ich mich mit Krankenhausaufenthalten deutlich besser aus, als mir lieb ist, denn leider hatte ich in der Vergangenheit den einen oder anderen Pflichtaufenthalt zu bewerkstelligen. Dabei geht es noch nicht einmal um eine Operation, die ja durchaus ein gewisses Abschreckungspotenzial hat, sondern um den Krankenhausaufenthalt an sich.

Krankenhäuser arbeiten nämlich in einem Raumzeit-Kontinuum, das mir wohl auf ewig verschlossen bleiben dürfte. Wie man morgens um 5:30 einen Raum fröhlich strahlend mit einem lauten »GUTEN MORGEN« betreten kann, bleibt mir für immer ein Rätsel – angeblich wird dann immer Puls und Blutdruck gemessen, aber dass mein Blutdruck und Puls um diese Zeit überhaupt schon messbar sind, überrascht mich schon sehr – bisher bin ich immer davon ausgegangen, dass ich vor 9:00 in einem Stadium verharre, das der Leichenstarre am nächsten kommt.

Auch der Hinweis auf eine private Zusatzversicherung ändert übrigens nichts an dieser strikten Zeitplanung, allenfalls ist die Essenskarte dann nicht mehr kassenpatientengelb, sondern privatversichertgrün – was den unermesslichen Vorteil birgt, dass man auch Pflaumenmus als Wunschaufstrich fürs Frühstück wählen kann –, wenn man es denn schafft, zum Frühstück überhaupt geistig und körperlich zur Nahrungsaufnahme bereit zu sein. Die Mahlzeiten sind im Krankenhaus nämlich sehr verwirrend benannt: Das Frühstück wird irgendwo in einem Zeitkorridor zwischen 05:00 und 06:30 verabreicht, ich habe das immer nur in einer seichten Form des Wachkomas wahrgenommen, und wenn ich dann endlich wirklich wach wurde, war das kleine Graubrotensemble mit Früchtetee meistens schon wieder vollständig abgeräumt. Der Brunch wird dann jedoch wie gewohnt gegen 11:30 serviert – heißt dort aber paradoxerweise MITTAGESSEN. Dafür gibt's zur tatsächlichen Mittagszeit dann einen Kaffee, das Abendbrot hat man dann allerdings schon lange vor dem Sandmännchen wieder vollständig verdaut. Je nach Grund des Krankenhausaufenthalts kann man aber mit den bunten Medikamentenknabbereien auf dem Nachttischchen den kleinen Hunger zwischendurch bekämpfen, das hat auch den Vorteil, dass dann die Träume viel lebensechter und actiongeladener sind als sonst. Ich habe immer die kleinen grünen Pillchen den bläulich schimmernden vorgezogen, aber das wird wohl von Fall zu Fall unterschiedlich beurteilt werden.

Diese Erfahrungen waren dann am Ende aber ausschlaggebend für meinen festen Vorsatz, mich niemals ohne wirkliche Not in ein Krankenhaus zu begeben, und mit absoluter Sicherheit nicht auf einen OP-Tisch. Ganz offenbar ist also mein Leidensdruck noch nicht groß genug für eine Schönheits-OP.

*Mein Praxistipp Nr.26:*
*Ich kann mir durchaus vorstellen, dass man irgendwann an einem Punkt der Verzweiflung angelangt ist, an welchem man sich nur noch unters Messer legen will, um die überschüssigen Pfunde loszuwerden. Ich bin jedoch der festen Überzeugung, dass diese Art des Gewichtsverlusts wenig nachhaltig ist, und Sie bei gleichbleibender Einstellung zu sich und Ihrem Körper nach einer gewissen Zeit vor exakt den gleichen Problemen stehen werden wie zuvor. Magenband, Fettabsaugungen, Magenverkleinerungen – schnippeln Sie*

*stattdessen lieber an Ihrer Psyche, Ihrem Ego oder an Ihrem Speiseplan – selbst die allergrünsten Pillchen auf dem Nachttisch im Krankenhaus sind einen solch massiven operativen Eingriff in Ihren Körper nicht wert.*

# Kapitel 41

## *Das letzte Kapitel*

Sie haben es fast geschafft – Sie haben das vermutlich wichtigste und ehrlichste Buch zum Thema Übergewicht durchgelesen. Und: Sie haben dabei abgenommen. Tatsächlich. Ob Sie es vorhatten oder nicht.

Es spielt dabei keine Rolle, ob Sie es auf dem Klo, im Urlaub, im Restaurant oder zu einer Tiefkühlpizza gelesen haben, Sie haben allein durch das Lesen ca. 130 Kalorien je Stunde verbraucht. Das stimmt tatsächlich. Lesen kostet mehr Kalorien als zum Beispiel stricken, sitzen oder fernsehen, und wenn Sie bei dem einen oder anderen Kapitel sogar herzhaft lachen konnten, dann hat sich Ihr Kalorienverbrauch sogar noch mal dramatisch potenziert – allein schon aus diesem Grund empfiehlt es sich, das Buch als Klolektüre noch ein weiteres Mal zu lesen. Für einen nennenswerten Effekt im Spiegelbild müssten Sie das Buch allerdings noch ca. drei bis viertausend Mal lesen, und das auch nur, wenn Sie es nicht in Begleitung einer Pizza genießen. Oh verdammt … das ist es … merken Sie was? DIE neue bahnbrechende Diät ist erfunden: Lesen sie sich schlank. Jeden Tag dieses Buch lesen und drei Stunden am Stück lachen.

Abnehmen kann so einfach sein, oder?

Viel Spaß dabei.

# Kapitel 42

## *Der »Jo-Jo«-Effekt, Teil IV*

Verstehen Sie jetzt, was ich meine? Das Buch ist längst zu Ende, das Thema abgeschlossen, das letzte Kapitel geschrieben und gelesen – und zack – ist er wieder da, der »Jo-Jo«-Effekt. Er behält eben immer das letzte Wort. Der Mistkerl. Dieser Sauhund. Dieser verdammte »Jo-Jo«-Effekt. Sehen Sie jetzt, wie nervig das ist?

# Das Dicken-ABC

## A – Adipositas, die (lat. adeps = Fett)

Adipositas bedeutet nicht einfach nur »zu dick sein«. Durch den medizinischen Fachbegriff bekommt das Übergewicht gleichzeitig auch seine Brandmarkung als anormal und krankhaft fett. Und das beginnt schon bei erstaunlich wenig mehr auf den Hüften, als uns die vermeintlich Idealgewichtigen glauben machen wollen. Ein hässliches Wort für eine hässliche Sache. »Sie sind adipös« ist eine Beleidigung ersten Ranges, es kommt für mich in der Wahrnehmung gleich hinter »Sie haben Syphilis« und noch vor »Sie haben Gonorrhoe«.

Adipös kling abstoßend, widerwärtig und grausam. Damit nun aber all die Dicken, die sich eben »nur« dick und nicht so recht adipös fühlen, hat sich die Medizin dann noch zu einer dritten Stufen (Grad 1-3) hinreißen lassen. Spätestens bei adipös Grad 3 weiß man: Hochkant passe ich nicht mehr besser durch die Tür als quer.

# B – Bulimie, die

Bulimie, auch Ess-Brechsucht (Syn. Bulimarexie oder Bulimia nervosa), ist wie die Magersucht eine krankhafte Essstörung – und eigentlich verbietet es sich, darüber Witze zu machen, aber zur Hölle noch mal, ich muss das jetzt mal loswerden: Wenn ich mal wieder einige Tafeln Schokolade oder diverse Tüten Chips auf ex verdrückt hatte, dann wünschte ich mir manchmal schon einen befreienden Brechreiz.

Die Kunst des absichtlichen Brechens, ohne sich dafür erst einen fiesen Magen-Darm-Virus einfangen zu müssen, hat bei erfolgtem Überfraß doch auch was Gutes, oder? Im Lexikon findet sich die interessant klingende Umschreibung, dass nach Heißhungerattacken sogenannte »gegenregulatorische Maßnahmen« ergriffen werden, um eine Gewichtszunahme zu vermeiden. »Gegenregulatorische Maßnahmen« hört sich zunächst auch klasse an, ein bisschen nach Angriff abwehren auf Raumschiff Enterprise: »Schilde auf Maximum, Torpedos bereit, gegenregulatorische Maßnahmen einleiten!« Funktioniert aber nur im Film und ist in der Realität meist ungleich unschöner – so auch die gegenregulatorischen Maßnahmen der Bulimie, denn die bedeuten in den meisten Fällen, dass man sich nach dem Essen die Seele aus dem Leib kotzt – was sich dann weder unfassbar weise noch nach Raumschiff Enterprise anhört. Demnach muss man eine gesunde Abneigung gegen Erbrechen getrost als positiv und die Bulimie als dringend heilungsbedürftige Essstörung ansehen.

## C – Chromosom, das

Derzeit noch nicht eindeutig für Übergewicht verantwortlich zu machen, aber wenn Sie mich fragen, kann das nur eine Frage der Zeit sein, bis Wissenschaftler das Dicken-Chromosom (D-Chromosom) entdecken werden.

## D – Diäten, die (griechisch: διαιτα)

Ursprünglich wurde die Bezeichnung Diät im Sinne von »Lebensführung«/»Lebensweise« verwendet, aber das ist inzwischen Geschichte. Heutzutage steht Diät eher für eine lange Leidensgeschichte und eine Selbstkasteiung ersten Grades. Die Idee einer Diät ist, dem Übergewichtigen mittels einer spezifischen Vorgehensweise, also der jeweiligen Diät, zur Gewichtsabnahme zu verhelfen. Das Problem: Die meisten Diäten bewirken genau das Gegenteil. Aus evolutionstechnischer Sicht sind die Diäten für sich genommen überaus erfolgreich: In kaum einem anderen Bereich des menschlichen Bestrebens nach Perfektion hat sich eine größere Artenvielfalt entwickelt als im Bereich der Diäten. Als Standardformel gilt: Auf jedes Kochbuchrezept kommen statistisch gesehen ca. 126,3 Diätvarianten. Aus rein physikalischer Sicht gelten Diäten im Allgemeinen als klassisches Beispiel eines Paradoxons: Sie versprechen viel, erreichen aber das Gegenteil, und vermehren sich dennoch stetig.

Die mathematische Formel für Diäten lautet: Zielvorgabe mal Erfolgschance geteilt durch den »Jo-Jo«-Effekt gleich Zunahme in Gewicht geteilt durch Zeitaufwand. Und ganz egal, welche Werte Sie bei dieser Gleichung einsetzen, das Ergebnis ist in der Regel immer das gleiche: hundert Prozent Frustration.

## E – Energydrinks, die

Eine faszinierende Erfindung der Getränkeindustrie, und dank guter Werbestrategien in den letzten Jahren zum Kultobjekt geworden, obgleich es sich im Wesentlichen lediglich um gefärbtes Zuckerwasser handelt. Energydrinks verleihen demnach auch definitiv keine Flügel, sondern lediglich Speckringe auf den Hüften. Die Energie, die diese zuckerhaltigen Brausedrinks enthalten, würde zwar theoretisch durchaus zum Fliegen weiter Strecken reichen, aber da unsere menschliche Physiognomie nicht auf das Fliegen ohne technische Hilfsmittel ausgelegt ist, bunkert der Körper diese in flüssiger Form zugeführte Flugenergie lieber in stattlichen Fettdepots am ganzen Körper. Diese zusätzlichen Auftriebsringe eignen sich zwar recht gut als Schwimmhilfe, ihre Flugeigenschaften verbessern sich hingegen nicht die Bohne. Korrekt müsste der Werbespruch also heißen: Energydrinks verleihen Schwimmflüüüüügel …

# F – Frustration, die

Frustration ist ein stetiger Begleiter vieler Übergewichtiger. Frustration setzt ein beim Wiegen, nach dem Befriedigen des Heißhungers und nach missglückten sportlichen Aktivitäten. Frustration ist im Wesentlichen eines: überaus frustrierend.

# G – Geh-Punkt, der

Der Geh-Punkt ist im Wesentlichen der Punkt, an dem es mit der Diät absolut nicht mehr weitergeht. Was bis dahin definitiv bereits gegangen ist: jede Motivation und Zuversicht. Typische Antworten eines Diätierenden auf die Frage, wie es so vorangeht, lauten: »Geht so«, »Ach geh doch weg« oder »Geht dich gar nichts an, du Vollpfeife«.

# H – Hüftgold, das

Eine viel zu edle Umschreibung für die vielen Kilos auf bzw. um die Rippen. Umgangssprachlich verharmlost durch den Bezug zum edelsten aller Metalle und damit fatalerweise sogar glorifiziert, ist das Hüftgold allerdings keinesfalls eine Bereicherung für den Besitzer, sondern definitiv immer nur eine Last. Ich plädiere deshalb auch schon seit Jahren für die Umbenennung in Hüftblei – das würde der eigentlichen Entsprechung deutlich gerechter werden und würde der Bezeichnung den nur scheinbar begehrenswerten güldenen Anstrich endlich nehmen.

## I – Investitionen, die

Um dick zu werden, benötigt man dummerweise ausgesprochen wenig Kapital. Die ungesündesten Lebensmittel sind leider auch die billigsten, und so kann man an einen beachtlichen Fettgürtel mit erschreckend wenig finanziellen Mitteln gelangen. Die Investitionen beginnen eigentlich erst, wenn man versucht, die überschüssigen Pfunde wieder loszuwerden. Dann wird es sehr schnell sehr teuer. Diverse Fitnessgerätschaften, Fitnesskurse, Ernährungsberater, Sportkurse und gesunde – und damit teurere – Ernährung müssen sein. Darüber hinaus müssen Unmengen an Zeit, Schweiß, Überwindungskraft und Durchhaltewillen investiert werden – rein buchhalterisch ist Abnehmen eine verdammt investitionsreiche Angelegenheit. Wie bei vielen Investitionen muss man jedoch einräumen: Wenn es mit dem Abnehmen klappt, haben Sie eine verdammt gute Investition gemacht, vermutlich die beste Ihres Lebens.

# J – »Jo-Jo«-Effekt, der

Klingt hipp und dynamisch, ist aber eindeutig ein ganz mieses Ding – der »Jo-Jo«-Effekt. Der »Jo-Jo«-Effekt bezeichnet das ständige Wiederzunehmen nach erfolgreichem Abnehmen durch eine Diät. Dabei nimmt man in der Regel mehr zu als man zuvor an Gewicht verloren hatte. Den »Jo-Jo«-Effekt zu durchbrechen bedeutet also nicht, dem Nachbarsjungen den bunten Jo-Jo kaputt zu treten, sondern nach erfolgreichem Abnehmen nicht wieder zuzunehmen – wenn es doch nur so einfach wäre.

# K – Kuchen, der

In der Welt der Schwergewichtigen ist der Kuchen neben der Schokolade und den Chips die dritte Geißel der Menschheit schlechthin. Früher dachte man, die Pest oder die Cholera seien eine echte Bedrohung, heute wissen wir, es sind definitiv eher Chips, Kuchen und Schokolade. Aus unerfindlichen Gründen sind Kuchen jeden Geschmacks nach wie vor ohne Altersnachweis oder besondere Sicherheitsvorkehrungen frei zugänglich, genauso wie Chips und Schokolade.

# L – Lügen, die

In kaum einem anderen Bereich wird so vielschichtig und umfassend gelogen wie beim Thema Übergewicht. Wir Dicken belügen uns am liebsten selbst, und darin sind wir meistens wirklich gut, und die Industrie belügt uns Dicke, und die sind darin ebenfalls wirklich gut. Die Lüge ist in jedem einzelnen Kilo versteckt, das auf unseren Rippen klebt.

# M – Mittelgewicht, das

Lange Zeit dachte ich, das Mittelgewicht sei das Gewicht, das man im Durchschnitt in den Jahren seit der Geburt so hatte. Ergo hatte ich eigentlich immer ein recht passables Mittelgewicht, denn die ersten Jahre nach der Geburt haben mein aktuelles Übergewicht nach dieser Definition immer sehr gut ausgeglichen. Diese fatale Fehlinterpretation sorgte dafür, dass ich mein tatsächliches Übergewicht lange Jahre schlicht und ergreifend schöngerechnet hab. Heute weiß ich: Das Mittelgewicht ist eine Bezeichnung beim Boxen, und definiert die Gewichtsklasse bis 75 Kilo – und aus dieser Gewichtsklasse habe ich mich leider schon vor sehr, sehr langer Zeit verabschiedet.

Aber um in der Gewichtsklassifizierung des Boxsports zu bleiben: Nach dem Mittelgewicht habe ich bereits in jungen Jahren auch das Halbschwergewicht (bis 81 kg) hinter mir gelassen, um direkt danach auch durch die Klasse der Schwergewichte (bis 91 kg) quasi durchzurauschen. Ich verweilte dann einige Zeit in der Klasse der Superschwergewichte (über 91 kg) und befinde mich derzeit in einer von der AIBA (International Boxing Association) noch nicht näher definierten Mega-Hyper-Giga Gewichtsklasse (über 120 kg). In dieser Gewichtsklasse befinde ich mich nun schon recht lange und kann sagen: Es ist einsam an der Spitze. Erst recht in dieser Gewichtsklasse.

## N – Nerven, die

Ich selbst halte mein Nervenkostüm eigentlich für recht gefestigt und stabil. Dies jedoch grundsätzlich nur unter der Berücksichtigung der ständigen Zufütterung von Süßigkeiten. Seit Längerem ist bekannt, dass es einen direkten Zusammenhang zwischen dem Magen und dem Gehirn gibt, einige Wissenschaftler behaupten sogar, dass der Magen viel öfter in schnelle Entscheidungsprozesse involviert ist als das Gehirn. Ich gehe da noch einen Schritt weiter: Der Magen IST das Gehirn, und meiner steht definitiv auf Schokolade. Mein Magen gaukelt dem Körper zwar vor, dass das Gehirn Chef im Logik-Ring ist, aber wenn es mal an Schokolade mangelt, wird schnell klar, wo der Hammer hängt. Und der hängt bei mir definitiv im Bauch. Bauchentscheidungen machen demnach bei mir immer viel mehr Sinn, schließlich ist mein Bauch auch viel größer als mein Kopf – wäre doch dämlich, das zu ignorieren.

## O – Oliver, der

Der Oliver ist ein beeindruckendes Beispiel jahrelanger erfolgloser Diäten. Es gibt kaum eine Diät, welche er nicht versucht hat, einfach nur, um endlich einen so athletischen Körperbau vorzuweisen wie sein großes Vorbild, die Comic- und Filmfigur »Wolverine«. Neben Wolverines wirklich beneidenswertem Körperbau waren aber sicherlich auch die faszinierenden Metallklingen in den Händen ein Grund für Oliver, »Wolverine« bereits in den Comics total cool zu finden. In beiden Spezialbereichen »Wolverines« (Körperkonstitution und Klingenhände) gab es bei Oliver jedoch bisher nur äußerst bescheidene Fortschritte.

Mit zwölf Jahren brachte es Der Oliver auf einen kleinen Achtungserfolg im Karneval, als er mit seinen selbstgebastelten Pappklingen von einem achtjährigen Jungen im Clownskostüm für einen kurzen Moment für den echten »Wolverine« gehalten wurde. Seitdem wurde es sehr still um Wolveroli, und weder der Sixpack am Bauch noch die Klingenhände machen nennenswerte Fortschritte.

## P – Personal Trainer, der

Er ist der Hoffnungsträger einer stetig wachsenden Schar Abnehmwilliger: der Personal Trainer. Er muss den Karren aus dem Dreck ziehen, den der Dicke in jahrelangen verzweifelten, und meist dilettantischen Bemühungen immer tiefer und tiefer in den Dreck gefuttert hat. In der Regel mit einem unverschämt gut aussehenden Body gesegnet, schürt der Personal Trainer damit bereits von der ersten Sekunde an den Neidfaktor – und ist immer Motivator und Drillinspektor zugleich.

Der Personal Trainer ist zu gleichen Teilen immer dein bester Freund und schlimmster Gegner. Es gibt Momente, da würde ich meinem Personal Trainer einfach gerne mal eine reinhauen, schlicht und ergreifend allein schon weil er so unfassbar gut durchtrainiert ist und diese ganzen sportlichen Schuftereien bei ihm stets so aussehen wie ein Sonntagsspaziergang. Natürlich werde ich ihm niemals eine reinhauen. Zum einen, weil sich das nicht gehört, und zum anderen, weil ich ihn dafür erst einmal kriegen müsste – und das wird konditionsbedingt wohl niemals der Fall sein. Egal ob im Sprint, im Ausdauerlauf oder einfach nur in der Geschwindigkeit beim Schlagen – wenn ich da bin, ist er schon längst wieder weg, mein Personal Trainer. Wären sie erschwinglicher und würden nicht so schrecklich nerven, ich glaube, ich hätte fünf von denen im Keller stehen, neben meinem Ergometer, dem Cross-Trainer und dem ganzen anderen Fitnessgedöns. Jeder sollte einen Personal Trainer sein Eigen nennen – und ihn regelmäßig benutzen, und sei es nur als Wäscheständer.

## Q – Qualen, die

Bitte schlagen Sie unter D – wie Diäten nach.

# R – Rückschläge, die

Rückschläge gehören zum Abnehmen wie der »Jo-Jo«-Effekt und die Frustration. Allen drei gemein ist die perfide Eigenschaft, aus einem lebenslustigen frohen Dicken mit Ambitionen zum Abnehmen ein frustriertes miesmuffeliges Wrack zu machen.

Natürlich muss man Rückschläge einkalkulieren, ganz egal, was man beginnt. Das Perfide an den Rückschlägen beim Abnehmen ist jedoch, dass es deutlich mehr Rückschläge als Erfolge gibt. Allein aus logischer Betrachtung müsste man also nach den ersten ein, zwei herben Rückschlägen die Bemühungen abzunehmen gänzlich einstellen, schlicht um die Frustration nicht Überhand gewinnen zu lassen. Aber das Gegenteil ist der Fall. Wir machen weiter. Rückschlag für Rückschlag. Frustration um Frustration. Und wisst Ihr was? Trotz allem rufe ich Euch zu: Bleibt dran. Der Tag Y* wird kommen.

(* »Tag Y«, bitte nachlesen unter X, Tag X)

## S – Selbstkasteiung, die

Die Selbstkasteiung (siehe auch →Diät) bezeichnet im eigentlichen Sinne freiwillige Entbehrungen und Leiden um eines höheren Gutes willen. Hört sich mies an, ist es auch.

Das Dumme an der Selbstkasteiung in Form einer Diät ist, dass das höhere Gut (also ein gesunder, schlanker Körper) auf diesem Wege nie wirklich erreicht wird, die Leiden und Entbehrungen jedoch deutlich spürbar sind. Genauso gut könnte man sich also mit einer Peitsche den Rücken blutig dreschen – bringt ungefähr genauso viel, ist vermutlich aber billiger. Für Selbstkasteiungen gilt deshalb also das Gleiche wie für fast alle Diäten: Finger weg.

## T – Trampolin, das

Das Trampolin ist ein Sportgerät zur Sprungunterstützung. Dieses behüpfbare Trainingsgerät ist mit dem höchsten Peinlichkeitsfaktor für Übergewichtige versehen und verdient deshalb diesen eigenständigen Eintrag. Auf keinem anderen Sportgerät kann man sich dermaßen zum Volldeppen machen wie auf einem Trampolin. Und glauben Sie mir, ich weiß, wovon ich schreibe.

Ist das Trampolin zu klein dimensioniert, endet das Hüpfen bei Schwergewichten wie mir jäh in einem kläglichen Durchhängen. Ist das Trampolin allerdings angemessen dimensioniert, lassen sich wirklich spektakuläre Abgänge von eben diesem Gerät gestalten, die nicht selten zum vollkommenen Erheitern der umstehenden Personen (Freunde, Personal Trainer, Notarzt) führen.

Ich habe einige meiner besten Freunde bis zur Bewusstlosigkeit in Lachattacken gehopst, einzig mit einigen vollkommen falsch bemessenen Rückfedereffekten der Trampolinmatte. Das Highlight war sicherlich, als mich das Ding einmal spektakulär durch die Hecke in das Rosenbeet des Nachbarn feuerte. Stecken geblieben bin ich dann in der morschen Holzschuppentür, und ja, es waren sehr, sehr dornige Rosen.

## U – Untergewicht, das

Ich habe lange und intensiv überlegt. Ich habe keine Ahnung, was das ist oder wie das gehen soll, mit dem »Untergewicht«.

## V – Vertikalbeschleunigung, die

Bei der Vertikalbeschleunigung, auch g-Kraft genannt, handelt es sich um eine »Kraft-pro-Masse«-Einheit, die immer dann zu spüren ist, wenn die eigene Trägheit einer Beschleunigung entgegenwirkt. Das hört sich erst einmal unspektakulär an und scheint zunächst auch nicht wirklich für diese Buch von Relevanz zu sein, doch wenn man bedenkt, dass die g-Kraft eben eine Vervielfältigung des eigenen Gewichts bedeutet, wird klar, warum die g-Kraft für schwere Personen deutlich stärker zu spüren ist als für schlanke. Wer mehr hat, hat auch mehr zu geben.

Zum Beschleunigen eines schweren Körpers wird aber auch mehr Kraft bzw. Energie benötigt – wer schon mal mit seinen eher schlanken Freunden ein Gokart-Rennen bestritten hat, wird verstehen, was ich meine. Dickie hockt noch wie eine Bleiente in der Startbox, während das Leichtgewicht im Kart nebenan gerade die Schallmauer durchbricht. Physik ist für Dicke manchmal echt schwer zu akzeptieren.

## W – Wunschgewicht, das

Das Wunschgewicht kennzeichnet einen Anzeigenbereich auf der Waage, der ähnlich wie die Walhalla oder das Paradies zwar als unfassbar wundervoll und erstrebenswert betrachtet wird, für die meisten Übergewichtigen aber ebenso ein Wunschdenken bleibt wie viele dieser anderen Mythen auch. Vermutlich wird man eher irgendwann den Weihnachtsmann auf einem blauen Yeti in grünen Lackstiefeln reitend vorfinden, als dass das Wunschgewicht tatsächlich erreicht und gehalten wird.

# X – »Tag X«, der

Einfach ausgedrückt, bezeichnet man mit dem »Tag X« einen Tag, dessen genaues Datum noch nicht bekannt ist. Für Übergewichtige ist der »Tag X« aber ein Symbol des Neubeginns. Ein Start einer Diät, ein Lebenswandel, kurz: das ganze Potpourri bunter Hoffnungen und symbolischer Akte. ALLE Übergewichtigen, die ich kenne, haben leider unzählige dieser »Tag-X-Momente« und sind doch immer wieder kläglich gescheitert. Ich persönlich habe spätestens nach diesem Buch beschlossen, nie – wirklich nie wieder – einen »Tag X« zu benennen, an dem ich mein Leben radikal ändern will, weil ich weiß, dass es so eh wieder nicht funktionieren würde. Keinen »Tag X« mehr. Nie wieder.

Bei mir heißen die Dinger jetzt: »Tag Y.«

# Y – »Tag Y«, der

Der Tag des Aufbruchs. Eine Zeit des Wandels und der Lebensumstellung. »Tag Y« ist genau der Tag, an dem ich mein Leben endlich so in die Hand nehme, dass ich schlank und fit durchs Leben schreite. Ich liebe den »Tag Y« … kann aber noch nicht genau sagen, wann der sein wird.

# Z – Zahltag, der

Auch der Zahltag ist keinem allgemeingültigen Datum zuzuordnen, denn der Zahltag ist nicht auf ein spezifisches Datum zu fixieren, da er für jeden Übergewichtigen individuell eintritt. Jedes Kilo Übergewicht fordert irgendwann seinen gesundheitlichen Tribut – verschlissene Gelenke, verfettete Organe, miese Blutwerte – und dann ist eben Zahltag. Der Zahltag ist für mich einer der Hauptmotivatoren, doch noch irgendwie Gewicht zu reduzieren. Der Versuch, den Zahltag so weit wie möglich aufzuschieben, ist das Ziel eines jeden Übergewichtigen.

*Vom Wahnsinn in den eigenen vier Wänden*

Ralf Schmitz
SCHMITZ' HÄUSCHEN
Wer Handwerker hat,
braucht keine Feinde mehr
336 Seiten
mit zahlreichen
Abbildungen
ISBN 978-3-404-60806-5

Ralf Schmitz baut um – und ist kurz davor durchzudrehen. Denn nichts läuft nach Plan: Maurer ziehen Wände auf der falschen Etage hoch, Maler verputzen abgeklebte Fenster, und Elektriker montieren Lichtschalter, bei deren Betätigung die Dachluke aufgeht. Und das ist erst der Anfang. Was für ein Glück, dass der Top-Comedian bei all diesen Katastrophen nicht seinen unvergleichlichen Humor verliert. Ralf Schmitz erkundet die verrückte Welt der Heim- und Handwerker. Am Ende ist klar: Das Leben ist eine Baustelle, nach fest kommt ab – und den Rest bringt der Putz!

Bastei Lübbe